こころのつづき

森 浩美

角川文庫
17732

人のこころに
行き止まりはありません
その先に……明日《あした》に……
必ずつづきがあります

目次

ひかりのひみつ

徐々に減速を始めた長野新幹線あさまの車窓からスキー場が見えた。降雪機で整えられた白いゲレンデに人影はまばら。まだ本格的なスキーシーズンではないし、やはり平日のせいだろうか。

この週末を利用して冬の軽井沢《かるいざわ》へ二泊三日の旅行だ。でも、私にとっては単なるバケーションではない。

座席を立って下車する支度をする。ダウンのロングコートを羽織ってボストンバッグを肩から下げると、早めにドアの前に移動した。

やがて列車はゆっくりと軽井沢駅に滑り込んだ。

「わっ、寒いっ」

ホームの中程に降り立つと思わず首を竦《すく》め、口元に当てた手に息を吹きかけた。

師走《しわす》に入って東京でも冷え込む日が多くなったが、やはりそれとはだいぶ違う。日差しはホームへ届いているものの、頬を刺すように当たる風が痛い。慎一郎《しんいちろう》なら「寒いっ」を連発したに違いない。

「ねえ、十二月に入ったらすぐの金曜日って休み取れない？」

先月半ば、青山のチーズ専門店でチーズフォンデュを食べながら慎一郎に尋ねた。

「割とすぐだなあ。それに年末だし」

慎一郎は都市開発会社、私は食品会社に勤め、普段は忙しく日々を送っている。

「そっちはそんな時期に休めるのか?」

「うん、まあ、私はなんとかね」

「そうか。だけど、どうして?」

「軽井沢につきあってほしいんだけど」

「軽井沢? 冬に?」

「私、見てみたいものがあるんだあ」

軽井沢フォレストサイドホテルでは、八月と十二月にキャンドルナイトというイベントを開催する。冬はクリスマスまでの毎週、金、土、日の夜の限定で、二千個のランタンを使い、その灯火で敷地内にある教会をライトアップするのだ。

「じゃあさ、来年の夏にしようぜ。オレ、寒いの苦手なんだよね」

「来年の夏にしたら、そこで式を挙げてもらえる?」

「え、それは無理だって。もう四月ってことで別のホテル予約しちゃったんだから。それにさ、コネを使っただろう、キャンセルなんかしたら上司の顔を潰《つぶ》しちゃうしさ」

当初、私はハワイで数人の親しい友人に囲まれて式を挙げたいと考えていた。その方が面倒がなくていい。でも、慎一郎の両親が首を縦に振ってくれなかったのだ。〝そんなことをしたら親戚《しんせき》から笑われちゃうじゃないの〟というのが彼の母親の弁だ。

今のところ、式は目黒の教会で、披露宴は恵比寿《えびす》のホテルで行うことに落ち着いてはいる。

「今時、どうってことないと思うんだけどなあ」

「お袋にしてみれば、それなりに名前の通ったホテルでやりたいんだよ。オレ、長男だし。まあ、田舎もんの見栄だと思って許してやってくれよ」

「でもさあ」

「これだってお袋、随分と譲歩してるんだぞ。本音は山口で披露宴をやらせたいんだから。だけど、オレの会社関係の都合もあるんだからって断ったんだ。だから、もう場所の変更はナシっていうことで頼むよ」

「あ、そう。ハワイがだめなら軽井沢でもいいなって思ってたんだけど、なんだ、がっかり」

それは話の流れで出た嘘だ。本当の理由は言えなかった。

「ふーん、でもさ、知らなかったよ、お前がそんなに……」彼はそう言いかけて言葉を切った。

「ミーハーって言いたいの？」

「いや、違うって、そうじゃないけど……」

慌てて否定したが慎一郎は正直者だ。顔にすぐ出る。これじゃあ浮気は無理だわ。

「分かったよ、なんとかスケジュールを調整してみるよ」

と、言った慎一郎だったが、一緒の新幹線に乗ることはできなかった。

昨日《きのう》、彼から電話が入った。

——悪い。急用が入っちまって。明日《あした》は無理。

——じゃあ、来られないの？

——いや、なんとかして行くつもりだけど。

——そう……。キャンセル料かかっちゃうし、もったいないから、先に私、行ってるね。

——すまん、土曜の午後には着けるように頑張るから。

目的はひとりで訪れても果たせる。でも正直、心細さがあった。私はもう一度、手に息を吹きかけてから昇りのエスカレータに乗った。

改札を出て、コンコースを抜ける。駅前ロータリーには大きなクリスマスツリーが飾られていた。

階段を使ってタクシー乗り場へ降りる。

「フォレストサイドホテルまでお願いします」

後部座席に乗り込んでホテルの名を告げると、年配の運転手は行き先を復唱して車を静かに発進させた。

空《す》いた道路を西へと向かう。ホームセンター、コンビニ、ハンバーガーショップ、その風景だけを見ている限りでは有名なリゾート地の姿はない。それでも、雪を被《かぶ》った浅《あさ》間《ま》山が見えると、東京から随分と離れた気分になる。

中軽井沢の交差点に差し掛かると信号が赤に変わった。隣の直進車線にダークシルバーの4WDが並ぶ。何気なく車内に目を向けると、ガラス越しに舌を出した犬が私を見ていた。その吐息で窓が白く曇っている。カールした茶色の毛、三角耳、くりっとした目。私は手を振ってみせた。

「なんていう犬種かしら?」

そう言葉を漏らすと、運転手は覗《のぞ》き込むように隣の車を見た。

「ああ、あれはなんていったっけなあ。なんとかテリア……。あ、そうだ、確かエアデールテリアっていったかなあ」

「運転手さん、詳しいんですね」

「いやいや、軽井沢は愛犬家の聖地みたいになりましたからね。夏の軽井沢銀座なんて、ちょっとした犬の博覧会みたいですよ。うちの営業所は旧軽ロータリーの近くにあるんで、休憩時間に表で煙草なんか吸ってると前を通って行くんです。で、珍しい犬を見かけると飼い主さんに犬種を訊《き》くんです。だから、ちょっとばかり詳しくなって。でも、長いカタカナの名前は覚えづらくてねえ」

運転手はそう笑いながら続けた。

「でも、犬好きの人ってのはすごいですね。中にはワンちゃんを走らせるために、広い庭のある別荘を購入する人がいるって聞きましたから。それに最近はリタイアするとこっちに永住するご夫婦もたくさんいて、そういう方たちはお子さんも独立されてますからねえ、お子さん代わりにワンちゃんを飼うそうですよ」

子どもの代わりかあ……。我が家も私が新居に移れば、両親ふたりきりの生活になる。

「奈々《なな》ちゃんがいなくなると、この家も寂しくなるなあ」

「あ、そうだ。それなら、石橋《いしばし》さんとこみたいにトイプードルでも飼おうかしら？」

「それもいいかもしれない。で、やっぱり、メス、いいや女の子がいいなあ」

「じゃあ、いっそのことナナって名前にしようかしら？」

まだ猛暑が続いていた頃だったか、両親がそんな会話を交わしていた。

犬を飼うのは構わないけど、私の代わりだなんて、おまけに名前まで一緒だなんて、まったく失礼な話だわ。大体、何が寂しくなるな、よ、何が女の子がいいなあ、よ。あの人はどういうつもりなの、本当の父親でもないくせに……。そのとき、私は酷《ひど》く気分を害した。

母は未婚で私を産んだ。三十年近く前のことだから、母が二十五歳の頃だ。

「奈々のお父さんはどこにいるの？」

物心ついた私は一度だけ尋ねたことがある。

「奈々がおなかの中にいるとき、交通事故に遭ってね……。お星様になったのよ」

そのとき、それ以上のことを訊いてはいけないと、幼いなりに母の表情を見て思った。

それからも、母は実父について細かなことは決して話そうとしなかった。

母は会計事務所で事務員として働きながら、私を育てた。今にして思えば、暮らし向きは決して楽ではなかったし、アパートの一室で母の帰りを待つことは寂しかったが、母の苦労が分かるだけに我慢もできた。

ところが、私が小学校四年生になったとき、母は結婚した。相手は会計事務所の顧客で、店舗の内装工事をする会社を経営する人だった。それまでに、一緒に食事をしたり、遊園地に出かけたりしたこともあった。しかし、私にとってその人は、単に〝親切でやさしいおじさん〟でしかなかったのだ。

「今更、〝お父さん〟なんて要らない」

そう言って反対したが、結局、母は結婚をし〝おじさん〟は父親になった。

義父は相変わらず、親切でやさしいままだった。私を〝奈々ちゃん〟と呼び、今まで一度たりとも呼び捨てにしたことがない。叱られた記憶もない。学校の行事には積極的に顔を出し、運動会では最前列にしゃしゃり出て私にビデオカメラを向けた。義父のそんな姿をクラスメイトから冷やかされたものだから、恥ずかしくて余計に腹が立った。

そういうこともあって、父親参観日のお知らせは下校途中の川に捨てた。

のちに母から聞いた話だが、義父には離婚経験がある。義父には生まれつき心臓に疾患を抱えた娘がいて、手術を繰り返したが、その甲斐《かい》もなく三歳で亡くなったらしい。

娘の死後、元の奥さんは精神的に酷く落ち込み、ある日黙って位牌《いはい》を持ち出すと家を出て実家に戻った。そして、そのまま離婚を申し出たそうだ。

「だから血のつながりがなくても、娘ができたことが嬉《うれ》しいんだって」

「冗談じゃないわよ、私、そんな子の代わりじゃないんだからっ」

母の言い方に悪気があった訳ではない。でも、そんなのご免だ。死んだ娘の代わりにされちゃ困るという思いが強まり、義父に対して一層冷ややかな態度をとるようになった。それでも義父の私への接し方は変わらなかった。余程の鈍感かマゾなのかもしれない……中学生になっていた私は胸の奥で、そんなふうにばかにしていた。

それでも、さすがに二十歳を迎える頃には、それなりの分別というものが備わり、あからさまに悪態をつくようなことはしなくなった。なのに、わだかまりは完全に消えてくれなかった。

結婚式を半年後に控えた十月の下旬。

「ぼちぼち招待者のリストを決めないといけないんじゃないの？　うちの親戚《しんせき》関係はこんなところかしらね」と、母は便箋《びんせん》に書かれた名簿を出した。

「何これ、お義父《とう》さんの親戚ばっかりじゃない。私なんか縁《ゆかり》も所縁もないのに」

名簿を眺めながら私は大袈裟《おおげさ》に溜息《ためいき》をついた。

「お父さん、あなたの花嫁姿、親戚のみんなに見せたいのよ。バージンロードを腕組んで歩くのを楽しみにしてるくらいだから」

聞き流せばいいことだったのに、その日は部内のミーティングで同僚と揉《も》めたせいもあり、苛々《いらいら》して虫の居所が悪かった。

「ちょっと待って。なんであの人が、そんなことを楽しみにしてる訳？　本当の父親でもないのに。それとも厄介払いができるから嬉しいとでもいう訳？」

私がそう声を荒らげたとき、帰宅した義父が居間に現れた。

「ただいま……」

私と母は急によそよそしくなり「お帰り」と言うとその場を離れた。

翌日の土曜日。昼食を摂《と》った後、母が粧《めか》し込んで出かける支度を始めた。

「どこか行くの？」

「野崎《のざき》さんとお芝居。あら、言ってなかった？」

「ううん、聞いてないよ」

母は友人に誘われて日本橋《にほんばし》に新しくオープンした劇場に芝居を見に行くのだという。

「そういうこと。だから、おあ父さんの夕ご飯お願いね」

「お願いねって、ちょっとお」

「結婚するんだったら、料理の練習くらいしなさい。慎一郎くんだって困るでしょう？」

「奈々ちゃんの手料理かあ、そりゃあ楽しみだなあ」

義父は暢気《のんき》そうに笑った。

義父と家でふたりきり。昔からそういう状況は苦手だ。ましてや前日のこともあって、私としては相当気まずい。こういうときに限って、仕事もなければデートの約束もない。

〝この家〟に住むようになってから、食事の支度はすべて母任せだし……。

食品をしまっておく棚を開けると、市販のビーフシチューがあった。まあ、これでもささっと作ってお茶を濁すかな。

鍋《なべ》がコトコトと音を立てる頃、義父はいつものように酎《ちゅう》ハイで晩酌を始めた。

盛りつけた皿を運び、私も食卓に着いた。義父は私の向かい、右斜めの定位置に座っている。

義父は酎ハイグラスを一旦《いったん》脇におくと「いただきます」とスプーンを口へ運んだ。

「うん、美味《おい》しい、ホントに美味しいよ」

「そ、そう。それはよかった……」私は苦笑いだ。

義父は食事の間「仕事は忙しいの？」「どんなことをやっているの？」「慎一郎くんは何が好物なのかな？」などと、他愛ないことを尋ねてきたが、私は短く答えるだけだった。テレビがついていなかったら、やりきれない雰囲気の夕食になっていたはずだ。

「ごちそうさま」

気まずさが増すだけなので、さっさと片付けを済ませ、自室に戻ろうと席を立ちかけたとき「奈々ちゃん」と呼び止められた。

「はい？」

答えたものの、義父は再び飲み始めた酎ハイグラスを見つめたまま黙っていた。

私は中腰のまま、再び「はい？」と声に出して催促した。

義父は深く息を吸った。

「……奈々ちゃんが一緒に住むようになってからずっと、私に心を許していない、いいや嫌っているのは分かってるよ」

やっぱり昨日の母との会話を聞かれたんだ。

「嫌ってるなんて……」

咄嗟《とっさ》にそう言いかけて途中で止めた。否定したところで見え透いた嘘になる。私は浮かせた腰を椅子に戻した。

義父は息をゆっくり吐き出すと語り始める。

「いや、いいんだ、分かってるよ。私が実の娘を亡くしたことは知ってるよね。だから、お母さんと出会って、そして奈々ちゃんとも出会えて嬉しかったんだよ。正直に白状すれば、娘が戻ってきてくれたようでね。だって、同じところにエクボがあるんだから。いや、奈々ちゃんと比べてる訳じゃない。むしろ奈々ちゃんの中にあの子の姿を見ていた。いけないなと思いつつ、いろんな場面で重ねてしまった。生きていたら、こんなふうにソフトクリームを食べたのかもしれない、かけっこで一等賞を取ったかもしれない、セーラー服のよく似合う子になったかもしれないってね……。そういう後ろめたさがあったものだから、どこかよそよそしくなってしまったり、本当は叱らなきゃならないときだってそうできなかった。だから、奈々ちゃんがそんな私の心根に気づいて、私のことを嫌っても仕方ないと思ってるよ。ごめんな……」

義父は言葉に詰まって、手の甲で鼻先を押さえると洟《はな》をすった。そして、突然こう言った。

「奈々ちゃんは、本当のお父さんに会いたいと思ったことはないかい？」

義父は顔を上げると、そう尋ねてきた。

「……それはあるけど。でも、天国まで会いに行けないし……」

「奈々ちゃん」

「ん？」

「……生きているよ」小さくて聞き取りづらい声だった。

「え、何が？」

「生きているんだ、奈々ちゃんのお父さん」

思わず固まってしまった。ショックなのではない、言っている意味自体が分からなかったのだ。

「えっ、今、なんて？」

「お母さんから聞いていたんだよ、結婚前に……。奈々ちゃんのお父さんは生きてるって。お母さんが酔ったときに、ポロッてこぼしたんだが……」

私にはそういう弱みを見せたことがなかったのに……。母にとって義父はそこまで心を許せる存在だということなのか。認めたくはなかったが、私の知らない母がいたということを思い知らされた気分だった。

「ちょっと待ってて」

義父は席を立つと、居間の奥にある和室の襖《ふすま》を開けて中に入った。両親の寝室として使用している部屋だ。引き出しを引き出す音とガサガサと物を探す音が聞こえた。

戻ってきた義父はタブロイド版の夕刊紙を手にしていた。

「これ」

義父が捲《めく》ったページに目を落とすと〝話題の経営者に訊《き》く〟というシリーズものの記事が載っていた。欄外の日付は三年前の十二月のものだった。

「読んでごらん」

軽井沢でホテルを中心とした事業を展開する社長へのインタビューだった。顔写真もあり、スーツを着て、少し面長で白髪。プロフィール欄に〝金谷《かなや》茂樹《しげき》、五十三歳。家族は妻、息子ふたり〟と書かれてあった。

「この人が奈々ちゃんの実のお父さんだよ」

「そんな……。だって、この人、家族もいるし」

「間違いないんだ。これを買って帰って来た日、お母さんが読んで急に様子がおかしくなったと思ったら、泣かれてなあ……。最初は何を訊いても答えてくれなかったんだけど、ポツポツと話してくれた」

混乱するばかりだった。

「私から話すべきことじゃないし、ましてやとやかく言う筋合いじゃあないと思っていたけど、奈々ちゃんの結婚が決まってから、私なりにずっと悩んでいた。伝えるべきかどうかって……。勿論《もちろん》、お母さんには口止めされたよ。でもね……。身勝手なのはよく分かってるし、きっと奈々ちゃんを悩ませることになるだろうと思ったけど、ごめん、このまま花嫁の父親役をやってもいいものかどうかって……」

「いや、でも、その、私にどうしろっていうの？」

義父は小さく首を振った。

「無責任かもしれないけど、どうしてほしいのか私自身も分からない。奈々ちゃんの思った通りにしてくれていい。ただ、虫がいいかもしれないが、私が余計なことを喋《しゃべ》ったことはお母さんには内緒にしておいてくれないか」と、義父は頭を下げた。そんな義父の姿はまるでしぼんだ風船のようで、初めて不憫《ふびん》だと感じた。

その晩を境に、ふと気づくと新聞に載っていた実父の顔が浮かんだ。会いに行ってみる？　でも会ってどうするの？　そんな自問自答の繰り返しで眠れぬ夜が続いた。

そして、さんざん悩んだ末、とりあえず軽井沢へ行ってみることに決めた。その先のことは何も考えずに行こう。

母には会社の出張だと嘘をついたが、義父には「どうなるか分からないけど、行くだけ行ってみる」と伝えた。義父は黙って頷《うなず》くだけだった。

国道146号線を五分程、北へ走る。周囲は葉の落ちた木々が立ち並び、地面には黄色や茶色の枯れ葉がまるで敷き詰められた絨毯《じゅうたん》のように広がる。

タクシーがゆっくりと左折すると車体が傾き、背中がシートに張りつく。見た目よりも急な上り坂だ。その緊張感から解き放たれた瞬間、鳥が翼を広げたような形の白い建物が見えてきた。ガラス張りのエントランスは都心のホテルのようだ。ただ違うとすれば、高層ではないこと。

「いらっしゃいませ」

深緑の制服を着たベルボーイがにこやかな表情で出迎えてくれた。

チェックインカウンターで宿泊者カードに住所や名前を記入しながら、今日はひとりで宿泊することになったと伝えた。

案内された部屋も白い壁で、ちょっとした物載せ台やサイドテーブルは茶褐色の木製家具。きっとヨーロッパ辺りのアンティークものなのだろう。

さて、これからどうしよう。ベッドの端っこに腰を下ろした。程よいスプリングが私の体重を受け止める。

なんの考えもなくやって来たものの、まずはひと目、実父の姿を見てみたい。でも、社長が館内をウロウロしているはずもない。かといって、いくら宿泊客だとしても、クレーマーのように「社長を出せ」とは言えない。

冬至も近い。さっきまで陽が残っていたと思ったら、窓の外はすっかり物影に覆われた。

まあいいわ、ラウンジでお茶でも飲もう。新幹線の中でコーヒーの一杯も飲むことはなかった。喉《のど》も渇いたし、冬枯れの風景を眺めながらというのも悪くはない。何も急ぐ必要はないのだし。そんな言い訳めいたことを自分に言い聞かせた。

フロント脇のラウンジに入り、窓際の席に座った。

「温かいカフェオレを」

注文してメニューを閉じると、何気なく周りを見渡した。

ふたつ離れたテーブルに三人の女性客がいた。見たところ、年頃は私とそう変わりないのかもしれない。他に客がいないせいもあって、少し距離があっても彼女たちの話し声が届いてくる。

「ねえ、庶務課の竹内理沙《たけうちりさ》、営業の田中《たなか》くんから今西《いまにし》くんに乗り換えたらしいよ」

「知ってる、知ってる」

社内の恋愛事情についての噂話なのだろう。

「どうも今西くんち、手広く貸しビル業とかやってて、結構、資産があるらしいよ。それで、ハイ、チェンジって話みたい」

「なんかもう結婚って話も出てるみたいね」

「嘘っ。さすがにやること早いよねえ。でも聞いた？　自分から振ったくせに田中くんに未練タラタラなんだって。内緒であっちの関係は続けてるって噂も」

「田中くんイケメンだし。まあ、もったいないって気持ちは分からなくもない。でもねえ」

「あっちのときだけ代役させられて、田中くん、平気なのかな」

「男なんてむしろ、そういうつきあいだけの方が都合いいんじゃないの。まあ、どっちもどっちって感じだけどね」

代役かあ……。慎一郎にもそんなことを言われたことがあったっけ。

慎一郎は大学時代のサークル仲間で、卒業後も気の置けない友だちだった。お互いの恋愛相談もし合う仲で、勿論、男女のつきあいではなかった。

慎一郎とつきあう前、私には恋人がいた。その頃、まだ下っ端扱いながら、商品開発のプロジェクトメンバーに抜擢《ばってき》され、終電ギリギリまで会社に詰める日が続いた。気づくと何ヶ月も恋人との関係が疎《おろそ》かになっていた。

プロジェクトが無事終了した頃、彼から別れを切り出された。別の彼女ができていたのだ。仕事をやり遂げた昂揚《こうよう》感から真っ逆さまに気分は転落した。

私は慎一郎を呼び出して愚痴り放題愚痴った。そして酒に任せて荒れた……ようだ。

翌朝、自分のくしゃみに驚いて目が覚めた。気づくと裸でベッドの中にいた。

「やっとお目覚めか。早くしないと会社遅刻だぞ」

慎一郎がネクタイを締めながら、にやにやと笑った。

状況が呑《の》み込めた私は「わっ」と叫んで、シーツに胸を隠しながら飛び起きた。

「え、もしかして？」慎一郎を睨《にら》む。

「おいおい冗談でしょ。何もしてねえよ」

「ホント？」

「ばか。大体、そんなことくらい自分で分かるだろ。それにフラレた憂さを晴らすための代役に使われてもなあ。こう見えても男の誇りっていうもんがあるんだ。安いピンチヒッターになるのはご免だよ」

「……ごめん」

私は自分自身に腹が立つやら情けないやらで項垂《うなだ》れた。

「まったくよ、お前ってやつはどうしようもねえなあ」と、慎一郎は呆《あき》れた後、ひと呼吸おいて言った。

「でも、お前の気持ちがちゃんとリセットできた後なら考えてやってもいいぞ」

冗談のようなやり取りがあった半年後、私たちは友だちから恋人になった。そして、結婚する。慎一郎は代役なんかじゃない、そういう運命だったのだ。

「見て、あれじゃない？」

どれくらいぼんやりしていただろう。女性グループが発する声で我に返る。

外には藍色《あいいろ》の帳《とばり》が降り、空に伸びる木々の天辺《てっぺん》に銀色の星がひとつ輝きを放っていた。

「ほら、準備が始まったみたい」
木立の中に多くの人影が集まってきた。人々が八方に散ると、あちらでひとつ、こちらでひとつと灯《あか》りが灯《とも》ってゆく。ランタンに火を入れているのだ。それはまるで、ホタルが沢に集まってくるようだ。

伝票にサインをすると部屋に戻り、コートを羽織って玄関前に出た。着いたときより確実に温度は下がっている。暖かい館内から出たせいもあるだろうけど、小さな震えがきた。

坂道を上ってくる車のライトが反射する。駐車場から人々がこちらに歩いてくる。きっと、私同様、光のイベント目当てなのだろう。

遊歩道から木立の中に入る。木立は手入れがなされているせいか、鬱蒼《うっそう》とした感じはしない。小径《こみち》が十文字に延び、それが交わる広場には芝生が張られ、神殿風の東屋《あずまや》が建っている。白い四本の支柱で支えられた屋根の下には大理石のテーブルやベンチもある。夏にはここでガーデンパーティ形式の披露宴をすることが人気だという。

東屋の正面からまっすぐ教会のエントランスへ向かって石畳の小径。距離は五十メートルくらいあるだろうか。その両脇にランタンが並べられオレンジ色の光を揺らす。光に引き寄せられるように教会へ続く光の道を辿《たど》る。光に包まれた三角屋根の教会は幻想的で厳かだ。

教会の手前には背丈五メートル程の樹木があり、その枝にもいくつものランタンがぶら下げてある。灯火だけのシンプルなクリスマスツリーだ。

見上げていると、ランタンを手にして、お揃いの白いダウンコートを着た人たちが集まってきた。火入れをしていたスタッフに違いない。

その内のひとりにふと目が留まった。その姿を見つめたまま身動きできずにいると、金谷が私の方へ振り向いた。一瞬だが、金谷は驚いたように見えた。いや、気のせいだ。私が誰だか気づくはずはないのだから……。

私はゆっくりと会釈をした。と、どうだろう、金谷が近づいてきた。

「今晩は」金谷は私にそう言って頭を下げた。

「あ、あの、今晩は」

予期せぬことに、しどろもどろになった私は「社長の金谷さん……ですよね？」と、つい尋ねてしまった。

「あ、はい。そうです。よく私をご存じでしたね」

「いや、その、父が買ってきた新聞の記事に載っていらっしゃったので、お顔は……」

「さて、どの新聞でしたか」

首都圏の駅のキオスクで売られているタブロイド紙だと答えると、金谷は「ああ、あれですかあ。でも、随分と昔ですね」と頷《うなず》いた。

「その記事を読んで、光のイベントのことも知りました。サイトも拝見し、きれいな写真でしたので、いつか実物を見てみたいなって思っていたものですから」

「そうですか。それはありがとうございます」金谷はお辞儀をした。

義父に父のことを聞いてから、あれこれと悪いことばかり想像した。母と私は捨てられたんじゃないだろうか。責任逃れをするような卑怯《ひきょう》な男だったのではないか。とてつもなく厭味《いやみ》な男だったらどうしよう。しかし、目の前に立つその人は、礼儀正しく紳士的な印象で、何よりやさしい眼差《まなざ》しの持ち主だった。

「どうしました?」

「あ、いえ。でも、本当にきれいですよね」私はツリーを見上げた。

「お陰さまで、たくさんのお客様に喜んでいただいております。軽井沢は避暑地としてのイメージが強いものですから、どうしても冬場はお客様の足が遠《とお》退くものです。ですから、冬でも何かみなさんに喜んで来ていただけることはないかと考えたんです」

「キャンドルナイトウエディングもあるんですよね?」

「はい。人気のシーズンは五月から秋口にかけてです。お陰さまで、土日は二年先までご予約をいただいておりまして。でも、冬の夜に行うカップルの方もたまにおられますよ。夏場、挙式の後に虫の音を聞きながらの披露宴も趣がありますが、個人的には冬が好きですね。もっとも確かに寒いので大変ですけど。でも、炎の美しさに加えて、何よりこれが違います」金谷は人差し指を上に向けた。私はその動きにつられて空を見上げた。

「星がいっぱいでしょう？　夏の星もきれいですが、冬の星は凍えるように輝くので一層きれいに見えるんですよ」

「ああ、本当ですね」

そこにはいまにも届きそうな宇宙が広がっていた。あんなに遠い場所で輝いている星に手が届きそうなのに、目の前にいる〝父〟には指先さえ届かない。

「ちょっと冷えてきましたね。よろしかったら、教会の隣に休憩所を兼ねたライブラリーがあるので、そちらで温かいコーヒーなどいかがですか？」

「いいんですか？」

「勿論《もちろん》です。訪れた方はみなさん私の大切なゲストですから。さあ、どうぞ」

ちょっと気障《きざ》な物言いだがどこか心地いい。

教会のすぐ隣に同じ三角屋根の建物があった。

木製の大きな一枚ドアを押して入ると、両脇に天井まで届く本棚が設《しつら》えてある。

「世界中のクリスマスに関する絵本を集めました。お子さんたちにも喜んでほしいので。それからオリジナルの絵葉書などの小物も販売しています」

「さあ、そちらにお掛けください」丸テーブルの席を勧められた。

他にもダイニングテーブル大のデスクがふたつ置かれていた。先客たちがそこで何やらペンを走らせている。

「ポストカードにメッセージを書いて、あそこにあるポストに投函《とうかん》していただくと、神父様がみなさんの幸せをお祈りしてイブに届くようにしています。親しい方、大切な方へ送ってもいいですし、記念としてご自分宛に送られても結構ですし。あ、コーヒーでよろしいですか？」

「あ、はい、すみません」

金谷はカウンター脇に置かれたサーバで、紙コップにコーヒーを注いだ。

「紙コップというのが、少々味気ないですが。どうぞ」

金谷はそう言って正面に腰掛けた。

「いただきます」私はコーヒーに口をつけた。思えば、これが〝父〟にしてもらった初めてのこと。抱っこでも、肩車でもない……。不意に切なくなる。

顔を上げると、金谷の視線がまっすぐに私を見つめていた。

「私の顔に何かついてますか？」

「いや、その……。実は先程お会いしたとき、少しばかり驚きましてね。あまりにも昔の知り合いに似ていらっしゃったので、つい。すみません」

それは母の面影に違いない。この頃の私は昔の母によく似てきたと言われる。それでも名乗ることは叶《かな》わない。

「あ、もしかして昔の恋人だったりして」私は努めて明るく言った。

金谷は穏やかに笑うと「大切な人でした」と答えた。その言葉に胸の高鳴る思いがした。

「このような話をしてもよいものかどうか……」金谷はそう前置きして「これも何かのご縁でしょうから」と語り始めた。

「私は大学を出て東京で銀行勤めをしていたのですが、その頃、同僚の女性と交際しておりました」

「私に似ているというのはその方だったのですね」

　金谷は声に出さず小さく頷いて応《こた》えた。

「結婚を考え始めた矢先、運悪く、先代が、つまり私の父が倒れまして、そのまま帰らぬ人に……。家業にはまったく興味がなかったので、このホテルの跡を継ぐなどという考えは毛頭なかったのですが、経営内容を調べてみたら、かなりの負債がありまして。放置すれば一年ももたなかったでしょう。母に泣きつかれ銀行を辞め、社長に就任した訳です。とにかく慌ただしく時間が過ぎました。私がそんな状況であることは彼女に連絡しておりましたので、分かってくれているものだと信じていたのです。ところが、銀行時代の親しかった同僚から知らせがあり、彼女が退職したと。しかも、噂では妊娠しているようだと。すぐに上京しましたが行方はさっぱりで。考えられる限りの場所は探したのですがだめでした」

　深く長い溜息《ためいき》をついた後、金谷は少しの間視線を宙に向けた。

「それから数ヶ月経って、彼女から手紙が届きました。読んで愕然《がくぜん》としました。女の子を出産したが死産だったと……。しかも、もう会う気はないというのです。どうしてそんなことになる前に話してくれなかったのか、何か手立てがあったのではないか。そう自分を責める日々が続いたのですが、ホテルのこともあり、結局、何もできなかった。今となっては彼女に問う術《すべ》もありません。いずれにせよ、私が母娘《おやこ》を見捨てたようなもの。私は薄情な人間なのです」

金谷の口調は溢《あふ》れる感情を抑え込むように淡々としている。それだけに辛《つら》さが伝わる。

「その後、私は県内の有力者の身内と結婚しました。そういう後ろ盾もあり、ホテルの建て替えも実現し、経営を安定させることができました。それからはいろいろな企画や事業を考え、アイディア社長などと呼ばれるようにもなりました。教会を建ててリゾートウエディングに力を注いだのも、そのひとつ。概《おおむ》ね好評で多くのカップルに利用していただいております。しかし、ウエディングドレス姿の新婦を見るたびに、こうなんというのでしょうか、この辺りが痛むようになりましてね」金谷は左の胸ポケットの辺りを押さえた。

「もし無事に娘が誕生していたら、私も花嫁の父になれたのだと思ってしまうのです。私には、ふたりの息子がおります。家内が三人目は女の子がほしいと言っておりましたが、子宮筋腫《きんしゅ》を患ってその可能性もなくなりました。それも私のせいなのではないかと……。きっと神様が、お前に女の子は授けられないと、私に与えた罰なのでしょう。ならば何か罪滅ぼしをしたい。そこで、そう考えて始めたのがキャンドルナイトウエディングです。勿論、ホテルとしてはビジネスです。でも、私にとって炎を灯《とも》すということは単なる人寄せのためではなく、花嫁のしあわせを願うとともに、亡き娘に届ける光なのです。なので、火入れをするときはスタッフに交じって、私も必ず手伝います。中には、どうして社長が、と、いぶかしがる者もおりますが……」

金谷は眉間《みけん》に皺《しわ》を寄せて俯《うつむ》いた。その苦しそうな表情に、思わず、あなたの娘は目の前にいますよ、と叫びたくなる。

金谷は顔を上げると、気持ちを静めるように深呼吸をした。

「人は突然、大切なものを手放すことがあります。すると、心に隙間ができてしまいます。そしてその隙間を埋めるために別の何かを欲してしまう。代わりなどないと分かっていても、どうしようもない後悔の念には勝てないのです。まったく、身勝手な言い分ですね……」

「いいえ、そんなこと……」私は首を左右に振った。

「あ、いや、つい長々と喋《しゃべ》ってしまいました。とんだ失礼を。お許しください」と、金谷は深々と頭を下げた。

と、ケータイが震えた。慎一郎からだ。間がいいのか悪いのか。

「ちょっとすみません」と私は席を立つと、表に出た。

——どこにいるんだよ。

──どこって、軽井沢。

──それは分かってるよ。

──ああ、今、ホテルの教会の側にあるライブラリーにいる。

──なんだ、そうかあ。じゃあ、そっちに行く。

──そっちに行くって？

──オレ、ホテルに着いてる。

──ええっ。

──いや、仕事、早く片付いちゃってさ。だったら、おどかしてやろうと思って新幹線に飛び乗った訳さ。で、部屋のドア、ノックしたらいないし。こっちがびっくりだよ。まあ、いいや、とにかく、そっちに行く。

「まったくもうっ……」

私は首を振りながら席に戻った。

「どうかされましたか？」

「連れがホテルに到着したようです。実は婚約者で……」

「それでは、当ホテルにご宿泊ですか？」

「はい」

「そうでしたか、ありがとうございます」

と、背後から「奈々」と呼ばれた。振り向くと息を切らした慎一郎がドアの前に立っていた。

「奈々さんとおっしゃるんですね。うっかりお名前をお訊《き》きするのを忘れておりました」

「あ、私も言うのを忘れていました。私、佐田《さだ》奈々と言います。名前は母が付けてくれました」

「可愛い名前を付けていただいたんですね」

母の旧姓を名乗ったら、別の感想が返ってきたのかもしれない。少し複雑な思いがした。

私たちに近づいた慎一郎が怪訝《けげん》そうな顔をしている。見知らぬ人と親しげに言葉を交わしていたせいだろう。

「ああ、紹介するね。このホテルの社長の金谷さん。色々と案内をしていただいたのよ」

「いや、あ、そう、社長さん……。た、高橋《たかはし》慎一郎と言います」

慎一郎は焦った様子で自己紹介をした。もしも〝お父さんよ〟と紹介したら、慎一郎はどういう反応をしただろうか。

「金谷です。本日はご宿泊ありがとうございます。また、ご結婚なさるとお聞きしました。おめでとうございます」

「あ、ありがとうございます」慎一郎は頭を掻《か》いた。

「それにしても奈々が言ってた以上に、ランタンの光ってきれいなんだな。驚いたよ」

「ねえ、そうでしょう？　だから、ここで式を挙げたかったって言ったんですよ。それをこの人、ミーハーって笑ったんです」金谷に告げ口する。

「そ、そんなこと言ってないだろう。酷《ひど》い言いがかりだなあ。でも、色々と事情があって、こちらでは……。すみません」

「何も謝っていただかなくても。あ、それでは、折角ですから雰囲気だけでも味わっていただきましょう。教会の中をご覧になってください。さあ」

促されるまま、私たちは金谷の後に続き、教会へ移った。

十字架。高い天井。祭壇の向こうに大きなステンドグラス。神聖な空間だ。

バージンロードへは立ち入れないように太いロープが渡されていた。

「ここを新婦は父親と歩むんですね」

ロープ越しに大理石のバージンロードを覗《のぞ》いた。

「どうでしょう？　挙式のリハーサルをなさってみては」

「リハーサルですか」

「ええ」

「でも……」

思わぬ申し出にちょっと躊躇《ちゅうちょ》する。

「バージンロードを歩くだけですよ。何も本格的なことはできませんので、ご遠慮なさらずに。まあサービスの一環です。といいますか、ご紹介者をいただくための賄賂《わいろ》……のようなものです。あ、こんな不謹慎なことを言うと、また神様に叱られますかね」

金谷は片目をつぶって笑ってみせた。そして、私の耳元に口を近づけると「先程、私の話を聞いていただいたお礼を兼ねて」と、内緒話をするように囁《ささや》いた。

「さあ、どうぞ」金谷がロープの端の金具を外す。

「ねえ、どうしよう?」

慎一郎に尋ねると「軽井沢で挙式したかったっていう奈々の望みが半分くらい叶《かな》うならいいんじゃないか。やらせてもらおう」と軽く頷《うなず》いた。

「ではお言葉に甘えさせていただきます。でも、ひとつお願いがあります」私は金谷に言った。

「なんでしょう?」

「私の父親役をやっていただけますか?」

「それは……」今度は金谷が躊躇した。

「バージンロードを歩くなら、父にエスコートされたいんです」

「しかし……」

「亡くなった娘さんの代わりだと思って」

自分でも思わぬ言葉が出た。義父にもそういうやさしい言葉をかけてあげられればよかったのにと、今までの自分の態度を悔いる気持ちが生まれた。

「そうですか、分かりました。では、喜んで代役を務めさせていただきます」

金谷はコートを脱ぐと丁寧に畳んで椅子の上に置いた。私たちも同じようにコートを脱いだ。

「では、新郎様は祭壇の前へ」

慎一郎は少し緊張したように咳払《せきばら》いをして祭壇前へ移動した。

隣に並んで立つスーツ姿の金谷は……いや、父は凛々《りり》しく、そして頼もしく映った。

「奈々さん、では、まいりましょう」父が姿勢を正した。

「はい」

私は父が軽く曲げた肘《ひじ》に左手を通した。

期せずして、教会内に拍手が響き渡った。見知らぬ訪問者たちが祝福してくれたのだ。

父と並んで一歩、また一歩と歩む。組んだ腕から伝わる温《ぬく》もりが、父の心に空いた隙間を少しでも埋めてくれたらいいと願った。

父の言うように、一度失うと二度と手には入れられないものがある。大切なものほどそうなのかもしれない。そして、心にできてしまった隙間を別の何かで、別の誰かで満たそうとする。でも、それは決して偽物ではない。生きるために必要なものなのだ。母が、義父が、父がそうであったように。そして私も義父を拒否することで隙間を埋めようとしていたのかもしれない。でも悲しみや憎しみだけでは、その隙間を塞《ふさ》ぐことはできないのだ。たとえ悲しみがあったとしても、それと同じだけ深い愛情がなければ……。

ふと横を歩む父の顔に義父の顔が重なる。

あとでカードにメッセージを書こう。そして二通、投函《とうかん》しよう。〝お父さん、ありがとう〟と書いて。

シッポの娘

立春も過ぎ、暦の上では春なのに、心にはあの夜の冷たい風が吹いたままだ。

先月末、愛犬、いいや、家族のひとりが突然逝《い》ってしまった。

日中、仕事の忙しさに紛れている間はなんとか自制心も働く。が、ふと手を止めたとき、その面影が脳裏を過《よぎ》る。悲しみや淋《さび》しさ、どうしようもない脱力感といったものが、不意にぶり返しては心を揺さぶる。それは暗闇から放たれる矢のようで避けようがない。

眼鏡をデスクに放り出してぼんやりしていると「盛田《もりた》さん、元気出していきましょうよ」と、事務所の若いスタッフ、芝原《しばはら》が私を励ますように声を掛ける。悪気がないのは重々承知しているのだが、妙に腹も立つ。

だが、いつまでもこんな調子ではいけない。仕事は待ってはくれないのだ。どんなことがあっても……。

三十代の後半、私は勤めていた広告代理店を辞めて、イベント制作を請け負う事務所を表参道《おもてさんどう》に作った。バブル崩壊後の独立はリスキーな面もあったが、現場を外れて管理職に落ち着くには抵抗があった。何より後悔したくなかったのだ。

幸いにして、業績は順調で忙しく仕事をこなしてきた。

「うまいことやりやがって、ホントお前は、要領だけは一流だからな」

世話になった元上司と飲んだりすると、そうからかわれた。

そんな私があの子には何もしてあげられなかった。要領のよさなど微塵《みじん》もなかった。ああすればよかった、こうすればよかったと後悔ばかりしている。

そもそも、うちなんかに貰《もら》われて来なければ、こんなことにはならなかったのかもなあ……。


「学校で犬を飼ってるんだよ。レディっていう女の子、すごく大きいの」

六年程前、当時、五年生だった娘の真帆《まほ》が夕食の席で嬉《うれ》しそうに話を始めた。

「でも、どうして学校で犬を飼うことになったんだ？」

娘が通う学校は小学校から高校まであるミッション系の私立の女子校だ。

「学校に来なくなっちゃった子がいて」

三年生に登校拒否になってしまった生徒がいると妻のゆかりから聞いたことがあった。

「それでヨッチがね……」

ヨッチとは聖書担当の吉岡《よしおか》先生のこと。生徒たちからは親しみを込めてそう呼ばれているようだ。

「ヨッチがその子に、どうしたら学校に来られるかなって訊《き》いたんだって。そうしたら、学校に犬がいたら楽しいかもって答えたんだって。それでね、ヨッチがうちで飼ってた犬を学校に連れてくるようになったの」

「ふーん。で、その子は学校に来るようになったのか？」

「うん」

何はともあれ、一匹の犬が女の子の心を癒《いや》したということだ。同じ子を持つ親のひとりとして、素直によかったと思った。

「それでね、六年生がお世話係をするんだって。私も六年生になったら立候補する」

翌年、娘は最上級生になると、宣言通り、お世話係になった。

「レディは力が強いから、リードを引っ張られちゃって転びそう」「私が〝待て〟って言うとぴたっと止まるようになった」「テニスのボールで遊んであげたら、レディのヨダレが手に付いたあ」……などと、娘は嬉々《きき》として私や妻に、お世話ぶりを報告した。

それから娘は無事にお世話係を一年間務め上げた。

卒業式を控えた頃だったか……。

「今ね、レディのおなかに赤ちゃんがいる。もうすぐ生まれるからレディは学校に来てないんだよ」娘がつまらなそうな顔をした。

「子犬を生んだら、また元気に登校するさ」私は気楽に返した。

「その頃は私、中学生だし。もう関係ないじゃん」

「そんなことはないだろう。大体、中学校だって同じ敷地にあるんだから、いつだって会えるさ」

新学期が始まり、近所のグラウンド周辺の桜は散りかけていた。

「レディが赤ちゃん生んだ。それも十一匹」

「そりゃあ、すごいなあ」

校舎は別棟になっても、娘は昼の休み時間や放課後に小学校の職員室に邪魔をしては、レディや子犬たちに触れていたようだ。

「ヨッチが子犬を引き取ってくれるうちを探している」そんなことを娘が言い出したのは初夏に入って間もない頃だった。

十一匹ともなると里親探しも大変だろう。いくら犬好きであっても、ディズニー映画の〝101〟のようには飼うことなどできないはずだ。

「パパ、それでぇ」

娘の語尾が甘ったるく上がった。もう、その時点で何を言い出すのか予想できた。

「最後の一匹の貰い手が決まらないんだって。それでヨッチが真帆ちゃんちはどうかなって、お父さんに訊いてみてくれないって頼まれちゃった。うちで貰っちゃ……だめ？」

ほら、きたぞ。私はいきなり〝だめ〟だとは言わず、考えたふりをした後「うちは無理かもなあ」と、いかにも残念そうに答えた。

「ええっ、どうしてよ？」

「いや、百歩譲って、外で飼うっていうなら考えてもいいけど」

「そんなの可哀想じゃん」

「……だよな」

そう呟《つぶや》いて妻を見ると、私の言いたいことが分かったらしく、妻は軽く頷《うなず》いた。

十年程住んだ三軒茶屋《さんげんぢゃや》のマンションを売却し、武蔵野《むさしの》市に一軒家を購入したばかりだった。そろそろ娘と息子に個室を与えたいと考えてのことだった。中古物件で三方に隣接した家が迫っていたものの、二階には日差しが燦々《さんさん》と届くリビングやダイニングがあった。家族が集《つど》う場所が明るいというのはいい。一階には四部屋。多少、陽当たり具合がよくなかったが、就寝や勉強に陽当たりは関係あるまい。それに狭いながら私の書斎も持てる。

購入を決めて、すぐさまリフォームに取りかかった。リビングの壁を白く塗り替え、床暖房を設置したので床板も張り替えた。それに併せ、家具まで新調した。

頭の隅に浮かぶのは、壁や床の爪痕《つめあと》、ソファの隅を齧《かじ》る犬の姿。ちょっと勘弁してくれ。正直な感想だった。

「オレ、ヤだ。犬なんか飼いたくない」

それまで黙っていた息子が口を開いた。

幼稚園に入る前だった。近所の公園で犬に追いかけ回され、滑り台の上で震えながら泣いたということがある。妻は「海斗《かいと》ったら、ポメラニアンなのにビビっちゃって」と、笑って済ませていたが、当人にとっては大小の問題ではなかったのだろう。トラウマになってもおかしくはない。

「四年生にもなって、いつまでもビビってるんじゃないよ」

「うるせーな」

子どもたちが小突き合いを始める。

「こら、もう、やめなさい」妻がふたりを窘《たしな》めた。

息子を慮《おもんぱか》ったふりをして「な、真帆、犬を苦手な家族がひとりでもいたら、犬だって居心地悪いだろうし。今回は縁がなかったということで」と、幕引きを計ったのだが……。

「困るっ、絶対に困る」娘は立ち上がってテーブルに両手を突くと身体を乗り出した。

「なんで？」

「だってさ、だって……。ヨッチにうちが引き取るって約束してきたんだから」

「はあ？」

「一生に一度のお願い。私が全部面倒見るし、ね、だからお願い」と、娘が懇願する。

「まったく、そんなところはママにそっくりだなあ。断りもなく指輪を買って、請求書が後から回ってくるみたいだよ」と、つい口を滑らせてしまった。

「どうしてそこで私を引き合いに出すのよ」

妻は憤慨し、おまけに「こんなに飼いたいって言ってるんだから、いいんじゃないの」と手のひらを返して娘の援軍に回った。私の軽率なひと言にカチンときたのだろう。

「ええっ」

味方がほしくて息子を見たが、既に項垂《うなだ》れていた。普段から物事に対して諦《あきら》めの早いところがある。そこが不満なのだが、母親と姉がタッグを組んでしまったら、どうしようもないと白旗を揚げた感じだ。

私は首を振りながら小さく溜息《ためいき》をついた。

「しょうがねえなあ。ただし、言っておくけど、パパは可愛がるだけで、世話はしないからな。餌やりも散歩も、オシッコの始末も、真帆がやるんだぞ」私はそう念を押して渋々ながら認めた。

「うん、わかった」

調子良く答えた娘だが、そんな約束をどこまで守れるものか疑問だった。


三日後の夕方、吉岡先生が友人でドッグトレーナーの古谷《こたに》さんを同伴し、直々に子犬を送ってきてくれた。玄関先に出て一家四人で出迎えた。

「当面必要なものは揃えておきましたので」

吉岡先生が、ケージの入った段ボール箱やドッグフードの袋をワゴン車のトランクスペースから下ろし始めた。

「すみません、初心者なもので……。あ、手伝います」

載っていた大きなバリケンの中を覗《のぞ》くと母犬のレディがいた。栗色のカールした毛と口髭《くちひげ》が印象的だ。考えてみれば一度もエアデールテリアなど見たこともなかった。中型犬って話だったよな。でも、こんなに大きくなるのか……。無謀なことをしてしまったのではないかと少し怯《ひる》んだ。

「盛田さんのお宅で飼っていただけるなら安心です」吉岡先生が額の汗を拭《ぬぐ》いながら言った。

「真帆ちゃんはトレーニングの仕方を知ってるし、きっと大丈夫ですよ」

古谷さんは学校のお世話係に訓練の仕方を指導しているそうだ。

「だと、いいんですが……」私は苦笑した。

最後に娘が子犬を受け取り、抱っこした。

吉岡先生がドアを閉めようとしたとき、レディが「ワオン、ワオン」と二度吠《ほ》えた。それに反応するように子犬が「ヒィン、ヒィン」と鳴く。親子の別れの場面だ。妙に切ない。

こうして確たる心構えもないままに、生後二ヶ月の子犬は我が家にやって来たのだ。

妻と私がリビングの隅にケージを組み立てている間、娘は「可愛い」を連発して手伝おうともしない。案の定、私との約束などどこ吹く風だ。

心配していた息子はといえば、娘が抱っこした子犬を脇から突いたり撫《な》でたりしていた。どうやらうまくやっていけそうだとひと安心する。

やっとケージの組み立てが終わり、改めて子犬に触れた。両手を合わせれば、まだ手のひらにのるくらいの大きさだ。全身、カールした黒い毛に覆われ、感触はぬいぐるみのようだ。くりっとした目はまるで水晶玉でも入っているのではないかと思うほど澄んでいる。これはたまらんな。

早速、ビデオカメラとデジカメを持ち出し、撮影会となった。

「そうだ、名前を付けなくちゃな」

「ショコラがいい」娘が言う。

「なんか、いかにもって感じが嫌だなあ」

クリエーターの端くれとしては、なんとなく付けましたという訳にはいかない。やはりそれなりの理由がほしい。

「パパが考えるから、ひと晩時間をくれ」

その晩、息子は自室で寝たが、妻と娘は放っておけないと言い、子犬の側でタオルケットを被《かぶ》ってソファで寝た。

私は書斎に入り、パソコンの前に座ると思いつくままキーワードを打ち込み、グーグルで検索をした。ミッション系の学校から貰《もら》い受けたのだから、何かそれっぽい名前はないだろうか。そして目に留まったのが〝サラ〟だった。マグダラのマリアの娘、つまりキリストの娘とされる子の名だ。

「サラ……」

声に出してみると、なんとも美しく柔らかい響きだ。

私は〝サラ〟と書き込んだメモ用紙を手に、リビングに上がった。寝息を立てる妻たちを起こさぬようにバリケンの前であぐらをかいた。

「今日からお前はサラだぞ」

丸まって眠る子犬に小声で話し掛けると、メモをバリケンの金網に貼り付けた。


なんだかんだと言っても生活のリズムがいちばん変わったのは妻だった。

朝、私や子どもたちが家を出てしまえば、サラと〝ふたりきり〟なのだから、必然的に日中の世話は妻がすることになる。掃除、洗濯、食事の準備という家事に加え、サラのために朝夕の散歩、オシッコやウンチの始末、餌やりなどで大忙しだ。しかし、娘の援護射撃をしてしまった手前、文句は言えない。

「よっ、班長」

世話係のリーダーという意味で、私は妻をそう呼んでからかった。

「冗談じゃないわよ」と、妻は口では言うものの、満更でもない様子は明らかだった。

そんなことだから、悔しいがサラがいちばん好きなのは妻だ。ケージから出しているときは、妻の後を付いて回る。その姿は母親を慕う幼児そのものだ。

しかし序列となると別のようだ。おいたをしたら叱るのは私の役目。だから私がいちばん偉い……いや偉そうにしているというのは分かっていたようだ。一応、面目は保てたということか。サラにしてみれば、私の次に妻、娘、そして自分、息子は格下にランク付けしていた。

息子はサラとじゃれ合いながら寝転ぶ。サラは馬乗りになると息子の顔を舐《な》め回した。それが災いして、息子は格下に思われたのだ。押さえつけられれば、その人は自分より格上。押さえ込めば格下。犬はそう判断するのだという。それにしても子どもは順応が早い、息子はすっかり苦手意識を克服したようだった。

娘はマイペースを保った。と、いうより、飼うときの条件など白紙撤回されていた。

「真帆、そろそろ歯磨きしてやれよ、サラがあくびをしてるぞ」

なんとか娘が続けられたのは、サラの寝る前の歯磨きだ。だがそれも、私に催促されてようやくテレビの前から離れ、準備に取りかかる。

それでも娘に呼ばれると、娘の膝《ひざ》の上に仰向《あおむ》けになって、器用に前足でブラシを挟むとペロペロと舐めた。歯磨き粉の味がお気に入りなのだ。しかし、犬の歯磨きとは……。

犬は人間の七倍の速さで成長するらしい。柔らかかった黒い毛が、硬いワイヤー状の茶色い毛に変わり、どんどんエアデールテリアらしくなってゆく。体重も子どもたちが夏休みに入る頃には十キロを超え、クリスマスソングが街に流れる頃には二十キロ近くまで増えた。容易に抱え上げることなどできない。下手をすれば腰を痛めてしまう。

我が家の車は4ドアセダンだった。最初は子犬ということもあり、パピークラスのバリケンを後部座席の真ん中、つまり子どもたちの間に載せていた。しかし、成犬になって大きなバリケンが必要となると、その載せ方では無理だ。結局、ワゴン車を購入することに決めた。

「犬ごときに、すごい失費だなあ、ははは。でも、これで遠出もラクだぞ」

車だなんだと、サラのために結構なお金がかかる。

ある晩帰宅すると、見慣れない一眼レフカメラがリビングのガラステーブルの上にあった。

「新しいデジカメ買ったの」

妻お得意の、買い物についての事後報告だ。

「デジカメならあるじゃないか」

「ううん、やっぱり一眼よね。こっちの方が断然サラちゃんを可愛く撮れるし」

しかも私の知らぬ間に、メカ音痴の妻がブログまで開設していた。

「おいおい」と、手を振ってはみたものの、以後、妻のアップするブログを見るのは私の密《ひそ》かな楽しみになった。それはサラの成長記録なのだ。

「まあ、ほどほどに頼むよ。うちが破産しない程度にさ」

とは言う私も、妻の浪費を責められたものではない。

一旦《いったん》、親ばかに拍車がかかると留《とど》まることがない。仕事帰りに、わざわざ新宿の百貨店に寄り、わんちゃんグッズの売り場でサラへの土産を漁《あさ》った。

「また、買ってきたの」

「この噛《か》むオモチャ、アメリカで一番人気らしいんだ」

親ばかぶりは、家の外でもいかんなく発揮された。事務所のスタッフはその被害者だ。

「ほら、うちの子、可愛いだろ」

事あるごとに、私はケータイの待ち受け写真を見せびらかすように、彼らの鼻先に突き出した。

「はいはい、分かりました。サラちゃんは可愛いですよ。だから仕事しましょ、仕事」

経理の横川和代《よこかわかずよ》などは、しょっちゅう仕事を邪魔されるものだから、うんざりしていた。だからといって止められないのだ。

新橋にある行きつけの小料理屋の女将《おかみ》にも呆《あき》れられっ放しだ。サラリーマン時代からの馴染《なじ》みの店で、女将は東京の母のような存在だ。遠回りしても寄るだけの意味がある。もっとも、お母さんと呼ぶと「お姉さんの間違いでしょ」と正される。

「ホント、どうしようもないわね、この犬ばか親父」

「聞き捨てならないなあ、ばか親父はいいとしても、犬じゃないの、うちの大事な娘」

子どもたちは成長するにつれ、自分たちのつきあいが優先になり、私の相手などしない。親離れは結構なことだが、自称、子煩悩な私としては淋《さび》しい思いをしていた。

日々の世話はしないと宣言したが、気まぐれにサラと散歩に出ることがある。すると、ふと昔のことを思い出す。よちよち歩きする子どもたちに「日差しが暖かいね」とか

「あ、花が咲いてるよ」などと話し掛けたものだ。気づけば、サラにも同じことを喋《しゃべ》っている。サラは我が子以外の何者でもない。

「うちのお嬢なんだから」

「犬に猫可愛がりっていうのもヘンだけど、ははは、甘やかすとワガママになって言うこと聞かなくなるわよ」

指摘されるまでもない。確かにサラの躾《しつけ》は大変だ。エアデールテリアは猟犬なので、躾《しつ》けるというより訓練するといった方が適切だ。

「軍用犬や警察犬としても活躍できる賢い犬種なので物覚えはいいんですよ。でも、人を見切るとばかにして言うことを聞かなくなるんです」

古谷さんにそう脅かされたのだが、つい甘くなってしまう。気分がのっているときは、私たちの指示に的確に応《こた》えるが、やる気がないと何を指示しても寝そべって舌を出すだけだ。

なので、たまにトレーニングを古谷さんにお願いした。すると、さすがにプロの言うことはなんでも聞く。しかも動作がキビキビとしているのだ。自在に操る古谷さんに嫉《しっ》妬《と》したものだ。そして呆気《あっけ》にとられる私や妻に向かって〝どう？　私、やるときはやれる子なの〟という顔をするのだ。

「すっかりナメられちゃってる訳ね」女将が高笑いする。

「いいの、いいの。娘はワガママだろうとなんだろうと可愛いければ」

近所や買い物に出た街、それだけではなく旅行先でも、サラを連れて歩けば「わ、可愛い」と声が掛かる。すると〝私のこと？〟といった感じで、サラは澄まし顔でポーズを決めるのだ。

「お前はお嬢様を通り越して、女優さんだな」と、私は目を細めるのだ。

「はあ……。完全にイカレてるでしょ、この人」女将が他の客に同意を求める。

「女将には分からないだろうねえ、この、なんていうか、愛《いと》おしいって感じとか」

「あら、少しくらい分かるわよ。私の娘夫婦が昔、メルちゃん……ああマルチーズなんだけどね、飼ってたことあるんだから。お目々がくりくりしちゃって可愛かったのよ」

「へえ」

私の薄いリアクションに怪訝《けげん》そうな顔をする。他の愛犬家はどうだかしらないが、他所《よそ》様の犬などどうでもいいのだ。

「サラに勝る可愛さなんて、ないない。うちの子がいちばん」

それは全世界の愛犬家に通ずることであると言い切れる。

「あ、女将、サラを連れて行ける、どこかいい旅先はないかな？　軽井沢《かるいざわ》も山中《やまなか》湖も少し行き慣れたからさ」

「うーん、そうね。あ、河津《かわづ》なんかどう？」

「河津って、伊豆《いず》の？」

「そう。早咲きの桜で有名よ。二月の下旬くらいが満開の見頃。川の両岸にずっと桜の木が続いててね、河原には菜の花が咲いてきれいだったわ」

私の頭の中には、咲き誇った桜の下をサラと散歩する絵が浮かんでいた。

「河津桜か、いいねえ」

「でも、ワンちゃんの泊まれるお宿があったかしら？」

泊まりがけの旅行となると宿探しに苦労する。なかなか犬と同室ＯＫというホテルや旅館は少ない。ペンションはたくさんあるのだが、私がペンションを好きではない。一度だけケージルームを備えたホテルに宿泊し、夜間サラを預けたのだが、ひとりで淋しがって鳴いてやしないかと気が気じゃなかった。しかし、ペットルーム完備のホテルは人気で、愛犬家の間での争奪戦が激しい。半年前でも予約がいっぱいの状況だ。しかも高額ときている。

「あの子と出掛けられるなら、必死で探すさ」

「まったく、呆れた」女将は目尻《めじり》に皺《しわ》を寄せて微笑んだ。

「お、こんな時間か。さて、そろそろ帰るかな。サラが待ってるんで」

「はいはい、どうぞ」

宵っ張りの家族につきあわされ、サラが寝るのは十一時頃だ。私はその時間までに帰宅することが多くなっていた。

サラには家に向かう私の足音が分かるのだろう、玄関の鍵《かぎ》を開けた瞬間に床板を蹴《け》る音がリビングから聞こえた。階段を上って行くと、シッポをブリンブリン振ってお出迎え。口髭《くちひげ》を撫《な》でると私の指先をペロペロと舐《な》める。

「ただいまあ、おお、嬉《うれ》しいか、そうか、そうか」

サラの歓待ぶりに疲れが和らぐ。いつだったか「いちばん癒《いや》されてるのはパパだよな」と息子に笑われたが、それは正解だ。

気づけばいつも、私たち家族の真ん中にはサラがいて、そして、そんな当たり前の日々が永遠に続くような気がしていた……。


去年の秋、あるスポーツ団体の周年イベントを請け負った私はほとほと手を焼いていた。理事たちとの打ち合わせを基にプランをまとめ上げると「これはこうして。あれはこうして」と変更が入る。私の仕事にはそういうことは付き物なのだが、彼らには方針や考え方に柱がないのだ。代案を提示しただけでは済まず、その度にすべてやり直し。しかも予算が潤沢でもないのに、呆れる程派手な演出を事も無げに求めてくる。

腹の中では〝こいつらカボチャか〟と毒づいたが、世話になった元上司から回ってきた案件なので、途中で投げ出す訳にはいかない。事務所のスタッフに任せてもよかったのだが、混乱すると余計に面倒が膨らむ。仕方なく、最後まで自分で対応すると腹を括《くく》った。

が、年が改まっても相変わらずの状態で、週末、自宅の書斎で明け方までプランの練り直しをしていた。週明け早々、理事たちとの会議があるので、少しばかり無理をした。キリのよいところでパソコンを落とし、書斎から寝室に向かうと、扉の前に置いたバリケンの中から「ヒーン、ヒーン」と、か細く鳴くサラの声がした。サラを貰《もら》い受けたとき「エアデールテリアは穴蔵にいると落ち着く犬種なので、寝かすときはバリケンに入れるといいかもしれませんよ」と教えられ、そのアドバイスに従ったのだ。

お、どうした？　暗がりの中で腰を屈《かが》め、バリケンの中を覗《のぞ》くとサラは黙った。それまでにもそんな鳴き方をしたことがあったので、然程《さほど》気にも留めず、ベッドに潜り込んだ。このところ、満足に睡眠が取れていなかったせいで、そのまま私は深い眠りに落ちた。

目覚めると昼を回っていた。寝室を出てリビングに上がる。冬晴れの空が高い窓の向こうに広がり、柔らかな日差しがリビングの床を照らしていた。

「ねえ、サラ、熱出して病院に連れて行ったんだけど」

妻は私の顔を見るなり、不安げな顔で言った。かかりつけの動物病院は、家からひと区画離れた線路沿いにある。

気づくと、テレビの前に敷かれたラグの上で、クッションを枕にサラが横たわって目を閉じていた。その体の上にサラお気に入りの黄色いタオルが掛けられている。娘が赤ちゃんのとき、おくるみとして使っていた大判のタオルだ。

「私たちが出ていくのって気づかなかった？」

「全然気づかなかったなあ。で、なんだって？」

「ううん、原因は分からないって。とりあえず、注射をしてもらってお薬をもらってきた」

「そうかあ……。昨日《きのう》、トリミングだったから疲れが出たのかなあ」

トリミングから戻った直後のサラはいつもぐったりしていた。エアデールテリアのトリミングは毛を特殊な櫛《くし》で抜いて整える。手作業なので仕上がりまでは三、四時間にも及ぶことがある。その間、首を輪っかで吊《つ》られ、姿勢を正したままなのだ。人間でいえば、背筋を伸ばして最敬礼をしたままの姿勢で、それだけの時間を耐えるようなものかもしれない。

二年程前だったか、エアデールテリアを専門に腕を振るうトリマーの噂を妻が聞いてきた。

「川崎に腕のいい先生がいるんだって」

「じゃあ、その先生に頼んでみるか」

それまで通っていたサロンに具体的な不満があった訳ではないが、専門と聞かされては〝ばか親〟の血が騒がないはずもない。

「うちからだと一時間はかかっちゃうけど」

「いいじゃないか、それでサラが可愛くなるなら」

実際、そのトリマーが施すトリミングで美人さんになって戻ってきたのだから、そんな姿を見て鼻の下を伸ばさない訳がない。

「しばらくそっとしておいてあげるか」

「それしかないわね。じゃあ、ご飯にしましょう」

休みの日には家を空けがちだった娘と息子が珍しく家にいた。

家族揃って昼食を摂《と》った後、私はソファに座ってテレビを見ながら、サラの様子を窺《うかが》った。書斎に入って仕事を片付けようかとも思ったのだが、なんとなくそんな気分になれなかった。今晩、一気にやっつけてしまえばいい。

娘はサラに添い寝するように床の上に転がり、息子はロフトに上がってゲームを始めた。

食器を洗い終えた妻がお茶を運んできて、私と並んでソファに腰を下ろした。

「明け方、鳴いてたでしょ？」

「なんだ、知ってたのか」

「うん。だけど、そのままにしちゃったのよね。朝はいつものようにご飯食べて、ウンチもしたし。だけど、十時頃急にぐったりして……。それでも病院の行き帰り、自分で歩けたのよ」

サラは時折、私たちが側にいるのを確認するように目を開けた。

「ん、どうした？　喉《のど》渇いたか、お水飲むか？」

ケージの中に水を用意してあげても、飲みに行く素振りも見せず、横たわったままだった。

陽がすっかりと陰った頃、サラに触れた娘が「手足が冷たくなってきた。おなかはまだ熱いけど」とほっとしたように言った。

「どれどれ、ホントだ」私はサラの後ろ足の先に触れてみた。

「ようやく薬が効いてきたのかなあ」

私と妻は熱が下がったものと安堵《あんど》した。

「ねえ夕飯、どうする？」妻が尋ねた。

「ピザでも取ればいいよ。そしたら匂いにつられてサラも起き上がるかもしれないし」

サラはトーストやピザのカリカリと焦げた耳の部分に目がなかった。

が、宅配ピザが届いてもサラは首を少しもたげただけだ。普段ならバイクの音が聞こえただけで吠《ほ》えまくった。それなのに今日は、ピザを食べ始めても私たちの足下に寄ってくる気配がない。いつもなら私の横に座り、きちんと前足を私の太腿《ふともも》の上に載せ〝ピザをくれ〟と催促するのに……。

「さすがのサラも、まだ食欲は出ないか」私はサラの方を振り向いて笑ってみせた。

と、サラの体がピクピクと動き始めた。熟睡しているときに痙攣《けいれん》することはあったが、明らかに様子が違う。

「おい、サラがっ」

そう叫んで椅子から立ち上がって駆け寄った。みんなもサラの周りにしゃがみ込む。

「サラ、どうした？　サラ」と、呼びかけるが体を震わすだけで反応しない。

するとサラは頭を大きく振り始め、ゴッンゴッンと床に打ち付けた。娘が慌てて抱きかかえると、今度は前足を突っ張るように体を反らせた。

「医者だ、医者」

「八時半、もう診療時間過ぎてる」

「あ、そうか。じゃあ、緊急でやってるところ探せ」

「わ、分かった」

今までに見たこともないサラの姿に、私たちはパニックに陥った。

「電話、どこもつながらない」妻は既に半泣きの状態だ。

「なんなんだ、まったくっ」私は苛立《いらだ》って怒鳴った。

「そんなこと言ったって」妻が強い口調で言い返す。

「いや、すまん。別にお前に……。あ、そうだ、だめもとでいい。そこの病院に掛けてみろ」

「う、うん」

冷静に考えれば、診療時間が過ぎていようと、かかりつけの病院にまずは連絡するべきだった。いや、閉まっていたらドアをこじ開けてでも診てもらえばいいだけだったのに……。

「ねえ、つながった。診てくれるって」妻が叫んだ。

「おい、真帆、海斗、病院に行くぞ」

妻と私がサラを抱え病院に駆け込むと、獣医はサラの様子をひと目見ただけで慌てた素振りを見せた。すぐに処置台に寝かされ治療が始まった。

肺へと酸素を送る呼吸器の先が口の奥へ差し込まれ、吊るされた点滴から延びた針は後ろ足の先端に刺された。

心電図の緑色の波形が刻々と変化する。

「脈が弱っていて点滴の薬が入っていかなくてですね。足が冷たいでしょう、これは血液が届いていないってことなんです」

娘が触れて足が冷たいと言った状態は熱が下がったからではなく、脈が弱くなっていたせいなんだ……。

「原因は……。どこが悪いんですか」質問を浴びせる。

「昼間の血液検査では異常な数値はなかったんですが……。なので、こんなに急激に悪化するとは……。何かのアレルギーが重なったのかもしれません」獣医は首を傾げた。

サラの腹から太腿、お尻《しり》の辺りまで発疹《はっしん》が出ていた。それはどす黒い紫色だった。

覗き込んだ瞳《ひとみ》は焦点が定まることなく、白く濁っていた。これでは私のことも分からないだろう。

獣医は必死に心臓マッサージを続ける。心電図計がピピピッと不気味な音を鳴らす。

妻も、息子も、娘も、サラの体のあちこちを摩《さす》りながら必死に話し掛ける。

「サラ、サラ、ほら、おうち帰っておやつ食べるぞ。お前、今日はクッキー食べてないだろう」

「サラ、おうち帰って歯磨きしなくちゃ」

家族はすすり泣きを始めていたが、私は必死で涙を堪《こら》えた。泣いてしまえば、サラが戻らないような気がしたからだ。

絶望の淵《ふち》で微《かす》かな望みが揺れ動く。時間だけが虚《むな》しく過ぎる。容態は素人目で見ても悪化しているようにしか思えない。

「先生、サラは苦しんでいるんですか？」妻が訊《き》いた。

「たぶん、その、残念ながらもう脳死状態になってると思われるので、苦しくはないと思います」

「望みは、可能性はないんですか？」

獣医は首を一度振ると「最善は尽くしたつもりなんですが……。すみません」と頭を下げた。

「でも、心臓が動いてるじゃん」息子が言う。

獣医は首を横に振りながら「これは電気ショックを与えているので心臓が動いているように見えるだけで」と目を伏せた。

私は妻を見た。妻は覚悟したように口を結ぶと頷《うなず》いた。

「頑張ったな。サラはよく頑張った。偉かったぞ」私はゆっくりサラの額を撫《な》でた。震えながら大きく息を吸い込んで、それを全部吐き出すと、私は「お願いします」と獣医に告げた。

「サラ、死ぬなあ、サラーっ」息子が嗚咽《おえつ》しながら叫び始めた。息子の背中に手を当てて離れるように促しても「まだ生きてる、まだ生きてる」と処置台から離れようとはしない。諦《あきら》めの早い性格の息子が最後の最後まで延命処置を訴える。

そんな息子の背中を妻が抱き寄せて後ろに下がった。獣医が点滴の針と呼吸器を外す。伸び切った舌を中に収めて口を閉じた。ヒクヒクとしゃくるようなサラの呼吸が次第に弱まり、ついに止まってしまった。心電図の波形がまっすぐな線を描いた。

「サラ、みんなと一緒におうちに帰ろう。もう、ネンネの時間だ」そう私は口にすると、涙の筋が頬に伝わって風景がぼやけた。

もうすぐ日付が変わろうとしていた。

妻は獣医に深々と頭をさげて「ありがとうございました」と礼を言った。ショックの大小は比べようがないが、それでもいちばん辛《つら》いのは最も時間を共有した妻だろう。母親は強いな。その気丈さに自分が情けなくなった。

家族四人で、サラを抱えながら真夜中の住宅街を歩んだ。力の抜け切ったサラの体は重い。ものの五分もあれば到着する我が家への道が、暗闇の先に果てしなく続く思いがした。

連れて帰ったサラをラグの上に寝かせた。

「目を閉じさせてあげようね」

妻が半開きになっていたサラの瞼《まぶた》を閉じさせる。体に触れると、まだ温《ぬく》もりが残っているせいで静かに眠っているようだ。

枕元におやつのクッキーとお水を供え、首輪とリードを脇に置くと、私たちはサラの体を摩り続けた。

「お前たちは少しでも寝なさい。明日《あした》、学校だろう……」

「だけど」

娘も息子も首を振ったが「パパとママがついてるから」と半ば強制的にふたりを自室に追いやった。子どもたちは後ろ髪を引かれるように階段を下りて行った。

「明日、あなたも会議なんでしょ」妻が訊く。

「うん、ああ、でも……」

提案書が仕上がっていないことに気づく。なんでそんなことを思い出すんだろう。私は自分に腹が立った。

「サラとふたりきりにしてもらえないかな」

妻にそうお願いされては居座る訳にもいかない。

えてきた。

私はよろよろと立ち上がり、リビングから出た。と、背後から妻の啜《すす》り泣く声が聞こ

「分かった……」

事務所の窓から空に浮かんだ雲が見えた。その形がサラの顔のように映る。面長の顔に垂れた三角耳。サラとの生活を思い出していたせいだろう。雲だけじゃなく、溢《あふ》れたインクの染みさえサラに見えてくる。

私は頭を振ってみたが、一週間程度で悲しみが癒《い》えるはずもない。

八時半過ぎ、私は事務所を出て銀座線に乗った。帰宅する方向とは反対の浅草《あさくさ》行きに。ふと女将《おかみ》の元へ足を運んでみたくなったからだ。

新橋の裏路地を抜けて、見慣れた紺色の暖簾《のれん》の前でひと呼吸する。入り口で帰る客たちと擦れ違う。暖簾を潜って店の中に入ると、どうやら客は私ひとりきりだ。

「あら、久しぶり」和服姿の女将が笑顔で迎えた。

「うん、ああ……」

「どうしちゃったの、浮かない顔して」

私はカウンターの椅子に座ると、額とほっぺたの辺りを強く擦《こす》りながら「サラがさ、突然、逝《い》っちゃったよ」と深く溜息《ためいき》をついた。

「え、サラちゃんがどうしたって？」

「……死んじゃったんだ」

女将の顔つきが強張《こわば》った。

「オレがサラのことを口にすると、家族が嫌な顔するんでね、女将と話をしようと思ってさ」

ケージやくしゃくしゃになったペットシートもそのままにしてある。片付けることなどできないのだ。しかし、妻も子どもたちも、サラの話題には触れたくない様子だ。いや、火が消えたような家の中で必死に堪えているのだろう。それでも普段の生活は坦々《たんたん》と続く。続けなければならない。

「あいつらの気持ちは分かるんだけど、床にサラが引っ掻《か》いた爪痕《つめあと》が残っててさ、なぞると泣けてくる。と、ついオレは口に出しちゃうんだよ」

女将はカウンターの中から出ると、表の暖簾を取り込んだ。

「今日はもう店じまい。盛田ちゃんの貸し切り」

「え、そんな、悪いよ」

「もう九時だし。いいから、気にしないで。それにこの方が話し易いでしょ」

ふと目頭が熱くなる。素直に甘えさせてもらおう。

「私が盛田ちゃんの母親代わりなら、サラちゃんは私の孫でしょう。孫の話を聞きたくないおばあちゃんはいないわよ」

「なんだよ、普段はお姉さんって呼べって言ってるくせに……。でも、ありがとう」

女将は熱燗《あつかん》の徳利《とっくり》を出しながら「で、原因はなんだったの？」と尋ねてきた。

「分からないんだ。体調を崩したと思ったら、あっけなくね。解剖すれば原因が分かるかもしれないって獣医から言われたようだけど、カミさんがサラの体にメスを入れるのは嫌だって。ま、オレも同じ気持ちだったし。でも正直モヤモヤしてる」

私は注がれた酒をぐいっと飲み干した。

「サラはものを言わないからね。あそこが痛いとか、ここがヘンだって言えれば……。もう後悔ばっかりだよ。もっと早く異変に気づいてやれば助かったんじゃないか。いや、気づいてたのに放ったらかしにしてたんだ。オレだけじゃなく、みんながそう自分を責めてる。それが辛いよね」

私は摺《す》り合わせる指先を眺めた。

「深大寺《じんだいじ》の火葬場で茶毘《だび》にふしたんだけど、オレ、仕事で立ち会えなくて。サラにすまないことしたよ。ただ息子がオレの分まで、カミさんやお姉ちゃんのことを気遣ってくれたらしい。頼りないと思ってたけど、やっぱり男の子だ」

私の口から堰《せき》を切ったように言葉が溢《あふ》れた。後悔の念、無念、悲しみ、淋《さび》しさ、愛《いと》おしさ。そんな思いの丈を女将に話した。女将はただ黙って聞いてくれた。

「もうすぐ五歳の誕生日だったのになあ……。なんでなんだよ、早すぎるよ……」

私は大きく溜息をつくと、気を静めるように酒を口に運んだ。

「こんなことを言うと気でも触れたんじゃないかって思うだろうけど、なんかね、うちの中で気配を感じるんだ。いや、気配だけじゃない、匂いも、感触もある。だけど、そんなことを言うと、あいつらが、またね……」

「そう感じるならいるのよ」

「ん？」

「うちの娘も同じようなこと言ってた。膝《ひざ》に乗ってくるんだって」

私がソファでうたた寝をすると、静かに歩み寄ったサラが、私の伸ばした腕の上に顎《あご》を乗せるような感じがする。

「きっとサラちゃんの魂は家にいるのよ。犬も人間と同じなんだって。四十九日までは、みんなの、家族の側に、いつもと変わらないようにいるんだって。娘夫婦が犬を亡くしたとき、知り合いの和尚さんがそう言ってたそうよ」

私は泣けてきて洟《はな》を啜った。

「もう、ヤねえ」女将がおしぼりを差し出す。

「ごめん……」

「だから、娘たちはそれから生きていたときと同じように毎日世話をしたらしいわ。端から見れば常軌を逸したことかもしれないけど……」

「そんなことはないさ」私は首を横に振った。

「それでね、四十九日の朝、寝ていた娘の顔を舐《な》めたらしいの。そして、ふっと気配が消えたらしいわ。ちゃんと別れの挨拶《あいさつ》をして天国に行ったんじゃないかしら」

「きっと、そうだね」

「だからといって、それで悲しみが癒える訳じゃないけどね。でもいいじゃない、それで。泣きたいときは好きなだけ泣いたら。思い出しちゃうものはしようがないんだもの。奥さんも子どもたちも我慢しないで泣いたらいいのよ。ただね、永遠に悲しんで泣いていたら、いちばん辛《つら》いのはサラちゃんよ。家族のことが心配で天国の階段を上れない」

私は声を出さずに頷《うなず》いた。

「さあて、もう時間よ」

「ん？」

「十時過ぎ。サラちゃんが首を長くして待ってるわ」女将が微笑む。

「ああ、そうか。サラが寝る前に帰ってやんなくっちゃ。あいつ、シッポ振って待っててくれるからね」

女将に見送られ店を出た。ふと見上げた夜空にサラの形をした雲がゆっくり流れていった。

迷い桜

朝八時、車に乗って世田谷《せたがや》の家を出発した。平日の月曜ということもあって渋滞のない東名高速を順調に飛ばす。

「ほら、あっち」「あ、今度はこっち」

右に左に位置を変えて、富士山が姿を現すたびに母は声を発する。

「やっぱり富士山は雪を戴《いただ》いている方がきれいよねえ」助手席の母は上機嫌だ。

「それにしても天気がよくてよかったよね」私は窓に反射する日差しが眩《まぶ》しくて目を細めた。

「ホントにそうね。もし雨なんか降ってたら、折角のお花見が台無しだもの」

一泊二日で母とふたり旅だ。目的は早咲きで有名な河津《かわづ》桜の見物。

「会社を休んでまでお母さんにつきあってあげたんだから感謝してよね」

「もうっ、どうしてあなたは、そう恩着せがましいの、まったく」

今月の上旬、帰宅した私は母が用意してくれた夕食を摂《と》っていた。

と、つけっ放しにしていたニュース番組のお天気コーナーで、伊豆《いず》の河津桜まつり会場からの中継映像に変わった。ライトアップされ、画面に映し出された花びらはどこか幻想的だ。

『後ろの桜きれいですね』

『はい、まだ現在は三分咲きといったところですが、二月の下旬からは満開になって、三月の上旬まで楽しめるということです』

少し寒そうに肩をすくめた女子アナがスタジオのキャスターとやり取りを始めた。

「あら、そう……。やっぱり行ってみたかったわね」と、母が湯飲み茶碗《ぢゃわん》を手にしながら独り言を言った。

「ん？」

私が聞き返すと、母はダイニングテーブルの端に置いてあった朝刊に手を伸ばし、中から一枚の折り込みチラシを抜き取った。

「今やってるのってこれでしょ？」

私はご飯茶碗を離した手で、差し出されたチラシを受け取った。

「河津桜日帰りバスツアー。イチゴ狩りに、若菜摘み放題、立ち寄り湯に入って、二食付きで八千円ちょっと。ふーん」私は、激安価格と盛りだくさんの内容に思わず唸《うな》った。

「ね、安いわよねえ。でも、こんなので儲《もう》かるのかしら」

「赤字になるなら旅行会社はやらないわよ、商売なんだし。で、これが？」と、母にチラシを返した。

「今朝、これ見て、行っちゃおうかなって思ったの。で、すぐに増田《ますだ》さんに電話して誘ってみたんだけど……」

母は去年の秋から色々な習い事に通い始めた。ヨガ教室、俳句の会、そしてカラオケ教室。増田さんとはそこで知り合ったそうだ。母が言うにはかなり陽気な女性らしい。同年代ということもあって、流行や見たテレビドラマが一緒だったりして何かと話が合い、最近では頻繁にお茶などもしているという。

「別の予定が入っててだめなのって断られちゃった。でも、ほら、こういうのってひとりで参加してもつまんないし」母は残念そうにチラシを眺めた。

「まあ、そうかもね。誰かとワイワイっていうのが楽しいんだろうし」

私はきんぴらごぼうの小鉢に箸《はし》を伸ばした。

「あ、そうだ、だったら直子《なおこ》、あなた一緒に行かない？」

母はいたずらを思いついた子どものような笑みを浮かべた。

「ええっ嫌よ。大体、こういうツアーって年配の人ばっかりでしょ、そこにポツンと交じるのなんてご免だわ」

「いいじゃないの、あなた、もう三十六だし、立派なおばさんの仲間なんだから」

「おばさんって……」

私には五歳違いの妹、歩美《あゆみ》がいて、彼女には三歳になる息子と去年の夏に生まれた娘がいる。なので、伯母《おば》には違いないが、甥《おい》にさえおばちゃんとは呼ばせず〝直子ねーちゃん〟と呼ぶようにさせているのだ。

「そんなに行きたいなら、お父さんと行けば、夫婦仲良く」

「ええっ、お父さんと？」

母は露骨に嫌な顔をして〃やめてよ〃といったふうに手を振った。

「ばか言わないで。お父さんなんかと一緒に行ったら〃おい、あれはどうなってる、これはどうなってる〃っていちいち煩《うるさ》くて、とても観光気分じゃいられない」

家の中での父はとにかく自分で動くことがない。「お茶、新聞、爪切り」と、仮に目の前にある物でさえ母に取ってもらうような人だ。

「知ってる。ちょっと意地悪言っただけ」

「もうっ。だから、直子、ね」

「うーん、まあ、桜はどうでもいいけど、温泉にはちょっと惹《ひ》かれるかな。でも、日帰りじゃゆっくりできないし。折角、伊豆まで行くなら一泊くらいしたいしなあ。やっぱり、これはパス」

「分かった。じゃあ、泊まりがけならどう？」母が身を乗り出す。

「でも、これって日帰りツアーでしょう」

「別にこれにこだわってる訳じゃないもの。自分たちで旅館を予約すればいいだけじゃない」

「あ、うん、まあ……。だけど宿の予約なんて今からできるかな？　どうせなら満開のときがいいし、そういう週末は観光客が押し寄せてくる訳だから」

「だったら平日に行こうか」

「平日？　ちょっと待ってよ。私、会社あるし」

「休んじゃいなさいよ」母は事も無げに言い放った。

「簡単に言わないでよ。それに抱えてる仕事もあるし」

私が勤めるのはエクステリアと呼ばれる、つまり建物の外壁やカーポート、門扉などの製造販売から、公共施設の外観整備の大型プロジェクトまでを請け負う会社だ。加えて近年では、太陽光発電や水処理プラントなど大型環境配慮型商品と呼ばれるものまで扱うようになった。

四月に東京ビッグサイトで開催される、年に一度の商談会を兼ねた展示会を控え、私はその担当者のひとりとして準備に追われている。

「いいじゃないの。どうせ、いくら頑張ったって、あなたのお給料がドーンと上がる訳じゃないんだし」

「ま、それはそうだけど……。仕事には責任だってあるのよ」

「何が責任よ。適当にやってるくせに」母はにやにやと笑った。

その物言いに思わずムッとする。今の上司の言い方にそっくりだったのだ。私はその上司と反りが合わず頻繁に衝突する。と、彼は最後に捨て台詞《ぜりふ》のように、決まってこう厭味《いやみ》を言うのだ。「君は責任がないから好きなことが言えていいな」と……。その度に仕事への熱が冷めそうになる自分と戦っている。

「失礼しちゃうわね。私は私なりに頑張ってるのよっ、やるべきことは全うしようといつだって考えてるんだから。それを責任がないとか適当とか言ってほしくないわ」思わず語気が荒くなった。

「何血相変えちゃって、嫌ね」母は呆《あき》れたといったふうに首を振った。

「大体、お母さんはちゃんと働いたことがないから、そんなふうに甘いことが言えるのよ」

母は短大を出て、商社に就職した。そこで父と知り合い、二十三歳で結婚した。だから実質、二年程度しか会社勤めの経験がない。時代が違うといえばそれまでだが、特に母には働く女の大変さが分からないのだ。

「家でおせんべい齧《かじ》ってれば事が足りる主婦とは違うのよ」

「あ、今、専業主婦をばかにしたわね。じゃあ言うけど、誰のお陰でこんな楽な生活ができてるの。いい歳して、朝はお母さんに起こしてもらって、朝晩の食事の支度もしてもらってるくせに。それでも作ったものを食べるならまだいいけど、こっちが用意して待ってれば、連絡のひとつもよこさず、遅く帰ってきて、しらっとした顔で〝食べてきたから要らない〟って言うし。分かってる？　そういうひと言にどれだけがっかりさせられるか。あ、食事だけじゃないわよね、部屋の片付けだって洗濯だって、ぜーんぶお母さん任せにして。あなたたちがみんな好き勝手にやってこられたのは、そうやってお母さんが犠牲になって世話をしてきたからじゃないの。それを……」

マズい。つい頭に血が上って余計なことを言ってしまった。これ以上喋《しゃべ》らせると、本格的に火がついてしまいそうだ。こんなことで母の機嫌を損ねるのは得策ではない。

「分かってますって、そういうところはちゃんと感謝してます」

私はご飯茶碗と箸をきちんと置いて頭を下げた。

「ふん、調子のいいこと言っちゃって」

考えてみれば、有休もかなり残っているし、このところ残業続きで疲れてもいる。嫌な上司の顔を一時でも忘れられたらいい。ならば、モヤモヤした気分の解消と母へのゴマスリも含め、旅行につきあうのもたまにはいいか。仕事の方はそれまでに少し無理してでもキリのいいところまで片付けておけばなんとかなりそうだし。

温泉に浸《つ》かって、海の幸を堪能《たんのう》するのも悪くない。旅費は母に任せ、高級旅館を予約するとしよう。私の頭の中には、アワビの踊り焼きの図が浮かんできた。

「しょうがない、それじゃあ、行きますか。今月末あたりを目安に休みを取ることにするわ」

私が白旗を揚げるふりをすると、母は笑顔に戻った。

沼津《ぬまづ》インターチェンジを出て国道に入った。このまま伊豆半島を南へ下り河津町を目指す。

「やっと半分ってところね。実際に走ってみるとやっぱり遠いわ」

運転は嫌いじゃないがやはり長距離は疲れる。

「だから、踊り子号にしようって言ったのに」

私が不満を口にしても「だって車の方が楽じゃない」と母は涼しい顔だ。

「お母さんが楽なだけじゃない」

母は典型的なペーパードライバーだ。山道を転げ落ちてもいいという覚悟がない限り、ハンドルを握らせる訳にはいかない。

「だって、お母さん、スポンサーだし」

「そうだけど……。あーあ、こんなことなら、お父さんを運転手に使えばよかったあ」

「だ、か、ら」

「はいはい、そうでしたね。でも、お父さん、今度の旅行のこと、何も言わなかった？」

「言ってた。オレの飯はどうなるんだって」

「えっ、そっち？」

「会社の帰りに飲み屋でもなんでも好きな所で食べればって言ってやったわよ。大体、昔から飲み歩いてばかりいて真っすぐ帰宅するような人じゃなかったんだから。それをこんなときばっかりご飯のこと言われてもねえ」

父は一昨年《おととし》、子会社に出向になり、そこで役員をしている。父は仕事人間、いや会社人間だったかもしれない。よく言えば、最後の企業戦士の世代だ。それもあと二年もすると定年を迎える。

「完全に見放されちゃってるんだね、お父さん」

「いいのよ、今まで散々好き勝手なことをやってきたんだから。今度はお母さんの番」

老後の父にはそれ相応のツケが回ってきそうだ。

「ふーん。だけど、オレも行ってみるかとか言わなかったの？」

「全然、ひと言も」

「あ、そう。そんなものなのかなあ、夫婦って」

「さあ、他所様《よそさま》のことは分からないけど、みんな似たり寄ったりなんじゃないの」

私が「一緒に行かない？」と水を向けてもよかったのだろうが、母が認めるはずがない。もし三人旅になっていたとしたら、私は両親の間に入って気を遣わねばならなかったに違いない。

「でも、なんかちょっとお父さんって可哀想……っていうか不憫《ふびん》に思えちゃうわ」

「あら、あらら、あなた、お父さんの肩持つの？」

「そういうことじゃないでしょ。でも、そんなにお父さんといるのってイヤな訳？」

「うーん、イヤじゃないけど、もう充分って感じね。だって、人生の中で誰より長くひとつ屋根の下で暮らしてるのよ」

「長くいたから、なんて言うの、こう、ふたりだけの阿吽《あうん》の呼吸とか、夫婦の絆《きずな》っていうか、そういうものが生まれるんじゃないの？」

「そういう部分もあると思うけど、関係が対等、うんん、六対四、うんん、七対三でもいいから、お父さんにお母さんを気遣うところがあればねえ」

「気持ちはあるんじゃない？」

「気持ちなんてあるだけじゃ意味がないでしょ、ちゃんと言葉や態度にしなくちゃ。お父さんはそういうところが足りないんだから」

確かに、食事の後に「うまかったぞ」とか、疲れていそうなときは「早く寝ろよ」くらいの言葉を母に掛けてあげてもいい。父も要領が悪いなあ……。

「でもさあ、あんまりお父さんにツンケンしないでよ、一応、娘としては両親の仲がいい方がいいに決まってるんだから。もしも離婚なんて騒ぎになったら困るし」

「離婚？　そんなこと考えてないわよ。それこそ面倒だし。そんな暇があるなら、自分が楽しいことだけを残りの人生の真ん中において生きていこうと決めたんだから」

その考えを着々と実践しているということか。以前の母なら文句を言いながらも、父や娘たちを優先してきた。人は変わるものなんだ。ああ、やっぱりあれがきっかけだったんだろうなあ……。

去年の夏の終わり、母は身体のだるさを訴えた。

猛暑に加え、妹がふたり目を出産するので、母が甥《おい》っ子の世話をすることになった。

それが相当応《こた》えたのだろう。私が帰宅すると母は「なんで、男の子ってじっとしていられないのかしら？　一日中追いかけっこよ、もうヘトヘト」と、ソファでぐったりしながらぼやいたものだ。

「だけど、孫は可愛いんでしょ？」

「可愛いのは可愛いけど、それは一時間くらい相手をしてやって〝はい、またね〟で済むならの話。だけど二週間いたのよ。それって預かるんじゃなくて、子育てじゃない。折角、あなたたちにも手がかからなくなったっていうのに、また子育てをさせられるなんて。もうこりごり」

おそらくはそんなことが影響して、夏バテにでもなったのだろうと思った。ところが、今まで大病もせず、丈夫が取り柄を自任する母の顔色があまりにも悪かった。還暦を迎えたこともあり、厄介な病気を患ってはいやしないかと心配になり、念のために検査入院を勧めた。最初は「嫌よ」と言うことを聞かなかったが「癌とかだったらどうする気」と脅かした。母は渋々、入院した。

その週末、私は母を見舞いに、いや、ちょっと様子見に病院へ行った。

「調子はどう？」

「うん、ああ、そうねえ……」

ベッドの背もたれに背中を預ける姿には覇気がなかった。

「ここまで生きてきて癌だったりしたらどうしよう……」

検査結果が出ていないせいもあって、母は何か重い病気でも見つかるのではないかと弱気になっていた。ちょっと脅かし過ぎたかなと済まない気になった。が、顔からはくすみが消えて、頬の辺りに艶《つや》が戻っていた。

「大丈夫よ」私は努めて明るく言葉を返した。

「そうかしらねえ……」

「うん、絶対」

「直子……」

「うん？」

「空が小さいのよねえ……」母が窓の外に視線を向けて呟《つぶや》いた。

「はあ？」

「だから空がやけに小さいのよ」

私は振り返って窓の向こうにある秋空を見上げた。

「お母さんね、ベッドの上で考えたの。私の人生、これで終わりなの、こんなもんだったのって」神妙な顔つきだ。

「どこかにもっと広い空が広がっていて、きっとその空の下には別の人生があったんじゃないかって思った訳」

「う、うんん……」

「去年の同窓会のことを思い出しちゃって……」

「ああ、女子校の……」

「そう。結構、亡くなっちゃっている人もいてショックだったわ。仲のよかった淑子《よしこ》ちゃんもそうだったし。ああ、人生って案外短いんだなってがくっときた。まあ、それでもどこか他人事《ひとごと》としてしか受け取れなかったんだけど、自分がこうなってみるとね……」

ベッドの上で暇を持て余していた母は色々と考え込んだのだろう。

「嫌だあ、もう。大体、なんの結果も出てない内から、すっかり病気になっちゃったみたいな言い方して」

「だってえ……。お父さんとあなたたちの世話ばかりして、結局、お母さんは自分のために何かをしようとしたことがなかったんだもの。はあ、このまま死んじゃうのって嫌だなあ」

母は深い溜息《ためいき》をつくと項垂《うなだ》れた。

「もう、死ぬ死ぬって、そういう人に限って長生きするもんよ。暗い顔するなら悪い結果が出てからにしてちょうだい」

「そうだけど……」

「絶対に大丈夫だから」

そうは言ってみたものの、あまりに気落ちする母の姿を見ていると不安になった。

ところが、検査の結果、血圧が少しばかり高めなものの、深刻な疾患は見つからなかった。だるさの原因は、やはり疲労からきたものだと診断された。

「ほら、だから言ったじゃない」

家に戻った母の傍らで、父がほっとした表情を見せた。私はそれを見逃さなかった。父だって母のことは気になっていたのだ。

「一度は死んだ身だし、残りの人生、好きなようにやらせてもらいますからね」

「死んでないし」

私は漫才コンビの相方のようにそうツッコミを入れて笑った。

思えば、母が習い事を始めたのは、その翌週からだった。


緩やかなカーヴが続く道路を走る。

左右の景色に民家も消え、見えるのは天城《あまぎ》の山々だ。

前方を観光バスが連なって走っているせいで、時折ブレーキを踏みながら車を操る。

「あら、浄蓮《じょうれん》の滝だって」母が道端の案内板を指差した。

「石川さゆりの〝天城越え〟に出てくるわ。あの歌、お母さんの十八番《おはこ》なのよ」

母はそう言うと、マイクを口元に寄せる仕草をして口ずさんだ。カラオケ教室の賜物《たまもの》か、意外と上手《うま》い。最後のフレーズに合わせて人差し指をすーっと天井へ伸ばし、その先を視線で追った。

「何やってんのよ」私はおかしくなって笑った。「歌は演じることが大事なの。なりきらないと、主人公に。あなた、何も分かってないわね」

カラオケの先生に言われた受け売りなのだろう。

「そうですか。ねえ、ちょっと休憩ついでに寄ってみる？」

「そうね、トイレにも行きたいし」

左にウインカーを出して、駐車場に車を滑り込ませた。

道路を小走りに横切り〝天城山浄蓮の滝〟と描かれた巨大看板の上がった観光センター側へ渡る。並んだ土産物屋の店先には派手なのぼりが立ち、それは暖かな日だまりの中でひらひらと揺れていた。

店の奥にあるトイレを拝借してから、滝へ向かった。

順路の入り口に、伊豆の踊子像がある。

「昔、百恵《ももえ》ちゃんが出た映画を見たことがあったわね」母は像を見上げながら懐かしそうに呟いた。

折り返し式の鉄の階段を下る途中、柵《さく》越しに覗《のぞ》き込んだ清流には鮎《あゆ》らしき影が泳ぎ、周囲のわさび田には緑色の葉が所狭しと生えている。

ゴーッという音とともに滝がその姿を現した。白いしぶきをあげながら、大量の水を真っすぐにエメラルドグリーンの滝壺《たきつぼ》へと落としている。相当なマイナスイオンを発生しているに違いない。

「ねえ、直子、ナイアガラの滝とか、もっと凄《すご》いんでしょうね」

「ナイアガラ？　そんなのに興味があるの？」

「それだけじゃないわ。行ってみたい場所なら世界にたくさんあるんだから。あ、お母さんね、今年はイタリアへひとり旅に行こうと思ってるの」

「はあ、イタリア？」

母はお正月に二度ばかりハワイに行ったことはある。でも家族旅行だ。ひとり旅の経験などない。正直、そう言われてもピンとこない。

「ひとりで行けるの、大丈夫？」

「さあ、どうかしら？　でもなんとかなるでしょ」

「目的は何？」

「カプリ島に行って、青の洞窟《どうくつ》を見たいの。島田《しまだ》さんが一昨年《おととし》行ってきたらしいんだけど〝すごくよかったわよ〟って勧められて。今ね、パンフレットもらってきて、どれがいいかなって比べてるところ」

「ふーん、お母さんがひとり旅……。信じらんない」

「こんなの手始めよ。ピラミッドも見たいし、サグラダなんとかだって、北欧のオーロラだって……」

「でもさ、嫌かもしれないけど、それこそお父さんの定年を待って、ふたりで行った方がいいんじゃないの。そりゃあ、ウザいかもしれないけど、一応、男だし。荷物運びには便利よ」

「いいのいいの、自由気ままに回りたいから。それに二年も待ってられないわよ」

夫の定年後、夫婦で海外を回るという話はよく聞くことだが、母は夫婦という単位をハナから除外してしまっているようだ。

「この間は単なる疲労だったからよかったけど、この先いつ何時、病気とか怪我とかしちゃうかもしれないしね。そりゃあ、極端な話、車椅子に乗ったって行けるでしょう。だけど、どうせなら自分の足で動き回れる内に行きたいじゃない。だから、少し鍛えておかないと」

「ああ、それで朝のウォーキングを始めたんだ」

「目的があると気持ちにハリも出るし、ちゃんと続けられるものなのよ」

今の私に母のようなモチベーションがあるだろうか。ふとそんなことを考えた。

「ね、写真撮りましょう」

ぼんやりしていると、母に背中を叩《たた》かれた。

滝をバックに、代わりばんこに二枚ずつ写真を撮った。ついでに側にいた、年配のおじさんにお願いして、母とのツーショットを撮ってもらう。液晶で確認すると、母は目を瞑《つぶ》っていた。

順路の途中にある土産物屋で、母はわさび漬けを一袋手に取った。

「お父さんにお土産」

「なんだかんだいっても、お父さんのことが気になるんじゃない」

「違うわよ。お母さんが留守したときはこれでお茶漬けでも食べなさいってこと」とは言うものの、やはり父への思いやりなのだろう。そう思うと、わさび漬けを買う母の姿が微笑ましく思えた。


浄蓮の滝を後にして、またしばらく国道を南下した。

七滝《ななだる》温泉郷の入り口に差し掛かると河津七滝橋が見えてきた。ループ橋として有名だ。

山間《やまあい》にはちらほらと群生した桜も見える。

「あ、咲いてる、咲いてる」母はそう声を上げ、窓越しにデジカメを構えた。

「直子、もっと揺れないように走ってよ」

「無理に決まってるじゃない。グルグル回ってるんだから」

やがて窓から見える風景に民家が混じり出した。

「もうそろそろ目的地よ」

二車線の狭い道路に車が連なり、のろのろ運転になる。ほとんどの車が桜見物の観光客なのだろう。

「平日でこれじゃあ、週末なんてとんでもない渋滞だったんだろうね」

道路脇の歩道も大勢の観光客が数珠《じゅず》つなぎで行き交っている。

「ねえ、今日はこのまま宿に向かって見物は明日《あした》にする？」

予約した旅館はもっと先の海沿いにある。

「お天気もいいし、今日見ちゃった方がいいんじゃない」母が答えた。

「了解」

橋を渡ると、道の角々に誘導員が立っていて、大きく手を振りながら駐車場を案内している。

誘導員の指示に従い、土の地面が剝《む》き出しになっている駐車場に入った。きっと臨時の駐車場なのだろう。金網のフェンスに沿って菜の花が風に揺れている。

横浜ナンバーのワゴンの隣に停め、車から降りて改めて見上げると、頭の上には雲ひとつない空が広がっていた。

「さて、どの辺から歩く？」

「さっき、人が溜《た》まってた場所があったでしょ？」

駐車場探しに気を取られていて気がつかなかった。

「確か、こっちの方だったわね」

すたすたと歩き始める母の背後に続く。

十分程歩くと、道路沿いの民家の庭先に、ひと際枝振りのいい桜の木が見えてきた。

高さは十メートルくらいあるだろうか。その周りに多くの人たちが群れ、記念撮影をしている。

飯田《いいだ》家の原木……。説明板が立っている。

「へー、これが河津桜の原木」

説明によると、この家の主人が昭和三十年の二月、河津川沿いで芽吹いたばかりの苗木を発見し、この場所に植えたのだという。昭和四十一年に開花が始まり、それを次々に川沿いに植えた結果、現在の桜並木になった。

「この一本の木から、あの桜並木が生まれたんだ」

「ふーん、じゃあ、あの並木の桜は家族みたいなものなんだね」

「また随分と大家族ねえ。ま、でも、人間と違って手がかからないし、親木としては楽だわね」母らしい感想だ。

「すみませんね、手間のかかる家族で」私は笑いながら謝った。

そして私たちも原木を背にして一枚ずつシャッターを切った。

川沿いへ向かう道端にはたくさんの露店が軒を並べていて、覗いてみると魚の干物や色々な柑橘《かんきつ》類を販売していた。

「あら、美味《おい》しそうね」

「はいはい、買い物は後回しにして」

早くも買い物をしてしまいそうな母の背中を押す。

人込みの向こうに朱色に塗られた橋の欄干が見えてきた。豊泉《ほうせん》橋だ。

橋の中央に立ってぐるりと見渡すと、ピンクに染められた帯がうねりながら延びているようだ。桜並木はざっと見ても、三、四キロくらいあるだろう。

「期待してなかったけど、なかなかいいわね、河津桜」

「だから、そう言ったでしょ」母は自慢げに笑ってみせた。

白い鉄パイプの柵《さく》で区切られた遊歩道へ歩みを進めると、桜のアーチが出迎えてくれた。

中年女性のグループ、夫婦連れ、若いカップル。遊歩道はそぞろ歩く人で溢《あふ》れ、まるで初詣《はつもうで》の参拝者で賑《にぎ》わう神社の参道のようだ。みんな思い思いにケータイやカメラのレンズを桜に向けている。あちらこちらでシャッター音が響く。

手を伸ばせば容易に触れられる高さにある花びら。河津桜は色が濃く、桃の花に近い色だ。加えて群れた菜の花が風景に一層の彩りを添えている。

遊歩道脇にも土産物屋や食事処が陣取り、呼び込みをしている。蕎麦《そば》、ハンバーガー、コーヒーにホルモン焼きののぼりまで並んでいる。折角の雰囲気を壊しかねないが、漂ってくる匂いは鼻の奥を刺激する。気づけば昼時を過ぎた。

「おなかすいてきたね」

「お母さん、おにぎり作ってきたから、どこか適当な場所で食べましょう」

と、前方から、おそらく七十歳代くらいの老夫婦がゆっくりとした足取りで歩いてくる。夫は妻を桜の枝の下に立たせ、首からぶら下げたカメラを手にするとレンズを向けた。

「もっと右、右」

「こうですか」

「おお、そこ」

妻は夫の指示通り立ち位置をずらすとにこやかに微笑んだ。

「ああいう穏やかな夫婦もいるんだから、お母さんたちも少しはねえ……」

「あ、うん、そうね、少しはね」母は無下に否定せず、照れ臭そうに笑った。

遊歩道から河原に下りる階段を見つけた。

「ねえ、下りてみる？」

河原には大きな石がゴロゴロと転がっていた。うちの近所にも神田《かんだ》川が流れているが、ほとんどがコンクリートで固められた川だ。考えてみれば、河原という場所に下りたのは生まれて初めてだ。

小鳥のさえずりや川のせせらぎがなんとものどかだ。

川、石、菜の花、桜、そして空。その順番に、透明、灰色、黄緑、黄色、桃色、そして水色という見事な色の層が重なっている。しばし無言で、そんな風景に見とれていると心が和んだ。

河原から再び遊歩道へ戻った。

しばらく歩いていると「あら、足湯処だって」母が遊歩道沿いにある東屋《あずまや》風の建物を指差した。

〝峰《みね》温泉・豊泉の足湯処〟石を積み上げた四角い湯船の周りに簀《す》の子《こ》が敷かれ、そこに座って足を浸《つ》けるのだ。湯船の真ん中から、ボコボコとお湯が湧いている。

「浸かってみる？」

「あ、しまった。ストッキング穿《は》いてた」と母が声を上げた。

そして「脱いじゃえばいっか」と、母がスカートに手をかけたので、私は慌てて止めた。

「ちょっと、ちょっと、ちょっと」

「何よ」

「ここでストッキング脱ぐの？」

母は〝何が悪いのよ〟と言わんばかりに私を見た。

「ほら、そこに脱衣室があるじゃない」

「あら、ホントだ」

「もう、これだから歳は取りたくないわ。思い込んだら周りは見えなくなっちゃうし、恥も外聞もなくなるし。こんなことでイタリアに行ったら、恥の輸出になっちゃうわよ」

母は鼻の辺りに皺《しわ》を寄せて〝イーッだ〟という顔をした。

母が脱衣室に入っている間、私はソックスを脱ぎ、ジーンズの裾《すそ》を膝《ひざ》まで捲《まく》り上げて待った。

「お待たせ」

先客に挟まれて、私たちは並んで腰掛けると、くるぶし辺りまでお湯に浸けた。

「ああ、気持ちいい」

「ホントね」

アクセルを踏み続けて少し浮腫《むく》んだ足に、温泉の成分がしみ込むようで心地いい。すると全身から力が抜け、その拍子に心の中の扉が開いていくような気がした。

「ねえ、お母さん……」

「ん？」

「私ってこのままでいいと思う？」

自分でも思わぬ言葉を口にしてしまった。

「どうしたの、急に」

「うん、まあ、なんかさ、最近ぱっとしなくってさ」

「いいじゃない、あなたは自由にふーらふらしてて」と母がからかうように笑った。

「茶化さないでよ、真面目な話なんだから」

「あらそう、ごめんなさいね」

謝ってはいるものの、母の様子に悪びれた感じはない。

「それで？」

「すべてが中途半端って感じ。おまけに、会社じゃ上司と揉《も》めて今ひとつ気持ちがのらないし」

「ははーん、そんなことじゃないかなって思ってた」

「え、お母さん気づいてたの？」

「どんなことがあったかまでは分からないわよ。でも、三十六年もあなたの母親やってるのよ、なんとなく落ち込んでるんじゃないのかな、それくらいは気づきます」

「ふっ。まいったな……」

「お母さんを舐《な》めてもらっちゃ困るわ」

「ん？　もしかして、私のために旅行に誘ったりしたの？」

母はその問いには答えず「嫌だったら、そんな会社、辞めちゃえばいいのよ。何も我慢することなんてないし」と、遠くの桜に目をやった。

「辞めてどうするのよ」

「お母さんと一緒に海外留学するってどう？」

私は小さく笑って「なるほどね」と返した。

「だけど、そんなことしてたら、益々《ますます》結婚が遠退《とおの》いちゃうし」

「え、あなた、結婚したいの？」

「当たり前じゃない」

「ふーん。そりゃあね、器量だって悪い方じゃないし、なんで縁がないのかしらって思ってたわ。ひょっとして男嫌いとか、何か欠陥があるとか」

「欠陥って」

「冗談よ、冗談……」

私だって仕事命で生きてきた訳ではない。つきあった人もいたし、中には結婚を意識した人もいた。たまたま結婚に至らなかっただけのことだ。

「だけど結婚ばかりがしあわせじゃないし」

「自分はしてるからいいわよ……って言いたいところだけど、まあ、お母さんたちを見てると、確かにね、ちょっと微妙よねえ」

「あらま、参考にしていただいて光栄ですこと」母が眉間《みけん》に皺を寄せて舌を出す。

「だけどさあ……。百歩、ううん、一万歩譲って、旦那《だんな》は要らないとしても、せめて、ひとりくらい子どもは欲しいし」

「じゃあ、優秀そうな男をたぶらかしてDNAだけ貰《もら》えば？」

「フッー、母親がそんなこと勧めるかな」

「ははは。だけど正直なところ、片親なんかで子育てするの大変よ」

「お母さんがいるじゃない」

「なんで、お母さんを頼るのよ。孫の世話なんて歩美の子たちだけでもヒーヒー言ってるのに」

「ああ、そっか、そうだったね。思えばさ、歩美には先を越されちゃってばっかりだね。

結婚も出産もさ。私、お姉ちゃんなのに、ちょっとへこむ」

「意外ねえ、そんなこと気にしてたの？」

「気にするっていうか、ちょっとジェラシーっぽい」

旅先のよいところなのかもしれない。うちの居間でテーブルを挟みながらでは話さないようなこともつい口から溢《あふ》れる。

「歩美に嫉妬《しっと》してどうするの？」

「だってさあ……」

「歩美もね、何もあんなに早く結婚して苦労を背負い込まなくてもよかったのに。もっと遊べたし、いろんなこともできただろうし。大体、お母さんを見てたら分かりそうなもんだけど」

「あれ、お母さん、歩美の結婚に賛成したじゃないよ」

「したわよ。だって、あのときは反対する理由がなかったもの」

「じゃあ、どうして今になって」

「考え方なんて変わるものなのよ。だからといって、結婚そのものは否定しないし、歩美にしたってそれでいいって自分で決めたんだから、何も面と向かって余計なことは言わないわよ。でも、お母さん、気づいちゃったから……。ほら、赤い服は似合わない、着ちゃいけないってずっと思ってたのに、着てみたら、案外似合うじゃない、表情だって明るく映えていいじゃないってこともあるって……。ま、そういうことだから、お母さんは精一杯、いろんなことを楽しみたいの」

「そうやって吹っ切れちゃってるお母さんが羨《うらや》ましい」

「あら、そう。でも、そうなるまで時間がかかっちゃったわよねえ」

母は小さく舌を鳴らして首を捻《ひね》った。

「お母さんね、直子のこと、羨ましいって思うこともあるのよ」

「私を？」

「お母さんの時代の女子社員なんて、男性社員の花嫁候補のために採用されてたようなところがあってね。女の子の方も仕事は結婚までの腰掛けなんて思ってたりして。ま、中にはキャリア志向の強い子もいたけど、結婚して家庭に入った同期が多かったわね。だから、まあ、そんなものだろうって納得してたんだけど……。それにあの頃は、女はクリスマスケーキだなんて言われてて、二十四、五がいちばん売れたの。だから二十五過ぎた途端に価値がぐんと下がっちゃって。親も親戚《しんせき》も煩《うるさ》くなるし。なんか急《せ》かされたって感じ。今じゃ考えられないわよね。ま、そりゃあ、お父さんのことが嫌いで結婚した訳じゃないけど……。でも、ときどきね、家の外で活《い》き活きと仕事している直子を見ていると、お母さんにもそういう人生があったかもしれないって考えたりするって話」

「活き活き……かあ。それも随分、雲行きがあやしくなっちゃったけどね」

私は浸けた足先をお湯の中でちゃぷちゃぷと動かした。

「所詮《しょせん》、みんな、無い物ねだりばかりするのよね。できるなら、若い頃に戻ってやり直したいとは思うけど、まあ、あり得ないしね。歳取ったら、もう先がないって嘆く人がいるけど、逆よ。先しか残ってないなら、過去なんて振り向かなくていいんだもの。明日《あした》、明日、また明日。一日一日を楽しまなくちゃ」

「そうかもね」

「とりあえずカラオケ教室に通ってみる。とりあえず旅行に出掛けてみる。なんだ、そんなことなのかって笑われるかもしれないけど、でも、今まではその〝とりあえず〟さえやってこなかったんだもの。誰がなんと言おうと、お母さんは、これからもうひと花もふた花も咲かせるわよ」

　母はそう言うと、両手を上げて伸びをした。

「私もお母さんくらいの歳になったら、そうやって吹っ切れてみたいな」

「何言ってんのよ。直子は今からだって好きなことできるんだから、やりなさい」

「今は自信ないなあ」私は首を振ってみせた。

「ねえ、直子。桜って……。桜に意志や心があるのか分からないけど、どこか散ることを潔しと思ってる感じがしない？」

「ん？」

「同じようで、よく見れば幹の太さも枝振りも違う。花びらの付き方だって違う。人だって一緒よ。肝心なのは咲くときに咲くってこと。きちんと咲くから潔くぱっと散れる」

「でも、なんか迷っちゃうんだよねえ」私は溜息《ためいき》をついた。

「いいじゃないの、それで。迷うってことは、まだまだ選択の余地があるってことなんだから。あれもこれも、ああもできる、こうもできるかもって。それって贅沢《ぜいたく》なことよ。だから今は迷いながらでも花を咲かせるように気持ちを切り替えなさい。ね、歌にもあるでしょ、人生いろいろ、桜もいろいろ、直子もいろいろ……。なーんてね」

「大丈夫かな、私」

「当たり前でしょ。だってお母さんの娘なんだから」

母は声を出して笑った。その姿が咲き誇る桜の木にだぶって見えた。

「お母さん……」

「ああ、ホントにきれいに咲いてるわねえ」母はまた桜に目を向けた。

母のようにはなかなか吹っ切れないかもしれないが、迷っていいと言われれば多少は気が楽だ。差し当たって、あの上司をギャフンと言わせてやりたい。まずは勝利の花を咲かそう。なんか小さな花だなあ。でも、ま、いっか。

「さぁてと、そろそろ行きましょうか」

「そうだね、おなかもすいたし」

簀《す》の子《こ》の上に立ち上がった。ふと足が軽く感じたのは温泉に浸《つ》かったせいだけではないだろう。

小さな傷

あずさ号の車窓から遠く霞《かす》む山間《やまあい》に桜の花が見えた。勝沼《かつぬま》を通過すると、両側に見える緩やかな丘陵にぶどう棚が広がっている。

日曜の下り列車の車内は満席ではないものの、賑《にぎ》やかな声に溢《あふ》れていた。通路を挟んだ隣の座席では三歳くらいの男の子を連れた母親が、子どもにクッキーを与えている。私は車内販売のコーヒーを片手に、ギシギシと軋《きし》む車体の揺れを感じていた。

これから伊那《いな》へ向かう。伊那は母たち姉妹の生まれ故郷だ。


——ねえ、今週、時間があるときに家に寄ってもらえない？

四月に入って、東京の桜が散り始めた頃、伯母《おば》から電話があった。幸子《さちこ》おばちゃんは母の姉だ。

——いいよ。でも、会社帰りじゃゆっくりできないし、急ぎじゃなかったら、週末は予定もないから、土曜の昼過ぎでもいい？

——勿論《もちろん》よ。手間を掛けてごめんね。

伯母は、長らく祖母と立川《たちかわ》のマンションで暮らしていたが、五年前に祖母が他界した後、阿佐ヶ谷《あさがや》の分譲マンションを購入し引っ越した。

伯母は結婚しておらず、勿論、子どももいない。そのせいか、小さい頃から私のことを何かと可愛がってくれた。私も伯母のことが大好きで、人生の岐路に立ったときなど、伯母に色々と相談してきた。世話になるばかりで、滅多に頼み事などしてこない伯母からの話だ、お願いされれば断る理由はない。しかし、そのお願い事には、正直戸惑ったのも事実だ。

約束通り、その週末、伯母の部屋を訪ねた。

「わざわざ来てもらって、ごめんね」

「ううん、大丈夫。おばちゃんの顔もみたかったし」

伯母に会うのは正月以来だ。最近はあっという間に月日が経ってしまう。

伯母の住むマンションは阿佐ヶ谷の駅に程近い場所にある。1LDK、五十平米というコンパクトな造りの部屋だ。壁には白いクロスが貼られ、五年経っても新築物件のようにきれいだ。いや、それだけ伯母がきれいにしているということだ。

初めて訪れたとき「おばちゃんなら、もっと広い部屋も買えたんじゃない」と言うと「ひとり暮らしならこれくらいの広さがあれば充分なのよ」と笑った。

いつ訪れても室内はしっかりと片付けられている。片付けが苦手な母とは大違いだ。

「おばちゃんって、ホント、几帳面《きちようめん》だよね」

「散らかるほどの物がないだけよ」

リビングダイニングには、ふたり掛けの食卓、長椅子と背の低いガラステーブル、アンティークのチェスト、その上に液晶テレビ。置かれているのは、必要最低限の家具だ。整い過ぎていて殺風景にさえ感じることがある。

「おばちゃん、もっと贅沢《ぜいたく》……ううん、贅沢とは言わないまでも、自分のためにお金を使っても誰にも文句言われないのに」

いつだったか、そんなふうに言ったことがあった。

「ん？　ああ……。いいのよ、そういう性分だし。それにおばちゃん、そんなに欲しいものもないしね」と、伯母は穏やかに笑うだけだった。

「コート、預かろうか」と、伯母は手を差し出し、私のスプリングコートをハンガーに通すと、部屋の鴨居《かもい》に掛けた。

「あ、おばちゃん、これ」

私は手土産のケーキを差し出した。

「カリカリシュー」

シュー皮をこんがりと焼き上げた、食感のいいシュークリームだ。

「まあ、嬉《うれ》しい」伯母は目を細めた。

伯母は甘いもの、特に洋菓子に目がないのだ。

「真梨《まり》ちゃん、わざわざ新宿で降りて買ってきてくれたのね」

デパートのロゴマークが入った手提げ袋で気づいたのだろう。

「別に遠回りじゃないし、それに私も食べたかったから」

私のうちは京王《けいおう》線の桜上水《さくらじょうすい》にある。いずれにしろ、新宿を経由する。伯母が喜んでくれるのなら、それくらいの途中下車など苦にならない。

「じゃあ、早速、紅茶と一緒にいただきましょう」

伯母はそう言うと、キッチンに入り、ヤカンをコンロに掛けた。

「あ、そうだ。おばあちゃんにお線香あげなくちゃ」

食卓の脇の台に小さな仏壇がある。ちょうど部屋全体を見渡せる位置だ。仏壇といっても仰々しさはなく、見た目には洒落《しゃれ》たボックスのようだ。元気だった頃の祖母の写真と、私は会ったことのない若かりし頃の祖父の写真が並べて飾られている。

お線香をあげて手を合わす。

「どう、仕事、忙しい？」

伯母がトレイに載せたティーポットとカップを運んでくる。私に長椅子を勧めると、自分は床の上に正座した。

「相変わらずってところだけど、会社は業績が上がらなくて」

私は医療器具メーカーに勤めている。所属は総務という地味な部署だ。強く志望して入社した会社ではない。大学卒業後、就職難の続く世の中で、正直、どこでもいいから入ればいいという思いが強かった。それでも、なんとか無事に社会人として六年目の春を迎える。

「そう、どこも厳しいからね」

「おばちゃんの方はどう？」

「うちは、ぼちぼちってところかしらね。まあ、トラブルがない訳でもないけど」

伯母は、おつまみ系を中心とした食品加工会社に勤めている。肩書きは経理部次長だ。一部上場のような大企業ではないけれど、売り上げは五十億円を超えるらしい。

「あんまり根を詰めないようにね。身体には充分気をつけないと……」

伯母は一昨年《おととし》、乳がんが見つかった。早期発見だったためしこりは小さく、乳房を失うことはなかった。それでも放射線治療の副作用なのか、頭髪が薄くなった。本人も気にしているようだったので、ウイッグを作ることを勧めたが「そのうちにね」と言ったきり、買い求める様子はない。

「立場上、私なんかと比べ物にならないくらい大変なのは分かるけど」

伯母は二十代の前半、スーパーマーケットで働きながら簿記の資格を取った。そして今の会社に勤めたのだ。中途採用というハンデがあったに違いないが、そういう責任のある役職に就くのはちゃんと仕事ぶりを認められたということだ。おそらく女性でそのポジションに就くことは異例だろう。

「うん、そうね……。真梨ちゃんに心配かけないようにしなくちゃね」と伯母は苦笑した。

「でも、おばちゃんは凄《すご》いよね。バリバリ働いてるって感じだもの。あーあ、私もおばちゃんみたいに何か資格でも取ろうかなあ」

「資格はないよりあった方がいいとは思うけど。また、突然どうして?」

「うん、なんとなくねえ……。結婚するような相手も見つからないし。もしかしたらさあ、このまま一生独身で淋《さび》しく……」と、つい口が滑って慌てた。

「あ、その、ごめん、そういう意味じゃないから」

伯母は小さく頷《うなず》くと「分かってるわよ」と答えた。

ティーポットにお湯を注ぐ伯母の指先を眺めながら問い掛けた。

「ねえ、おばちゃん……」

「何?」

「こんなこと訊《き》いちゃいけないのかもしれないけど」と私は前置きをして「おばちゃんは、本当のところ、どうして結婚しなかったの」と尋ねてみた。以前にも同じことを訊いたことはある。

「ん?」

伯母は、戸惑ったのか微笑んだのか判断のつかない表情を浮かべると「そうねえ、やっぱり縁がなかったってことなのかしらね」と答えた。

「縁かあ」

「大丈夫よ、真梨ちゃんは芯《しん》がしっかりした子だから、これから仕事だって結婚だって、きっとうまくいくわよ」

「そうだといいけどなあ」

伯母《おば》の言うことに根拠など何もないのだけれど、そう言われると不思議と気が楽になる。

「真梨ちゃんが、お嫁に行って赤ちゃんができたら、おばちゃんにも抱っこさせてね。それまでは元気でいられるよう頑張るから……」伯母は不安そうに目を伏せた。

「勿論《もちろん》よ、やーね、何、心配してるの」

と、答えたものの、そんな日がきたらきたで、母がどんな厭味《いやみ》を言うのかと考えると今から気が重い。

「まあ、お母さんが余計なことを言わなければいいけど」

私は大袈裟《おおげさ》に溜息《ためいき》をついてみせた。

「そういえば美代子《みよこ》の様子はどう？」

「お母さんは相変わらず……。っていうか、最近、益々《ますます》、機嫌が悪いっていうか、ちょっとした物言いが意地悪になってきたっていうか。それにお酒の量が……」

「そう……」伯母はちょっと切なそうに首を傾げた。

あの日、出掛けにも母とひと悶着《もんちゃく》あった。

「幸子おばちゃんちに行ってくる」と言うと、母は露骨に嫌な顔をした。

小さな子どもでもあるまいし、いちいち行き先など教える必要もないと思ったが、隠れて会う必要もない。

「そうやって、コソコソと姉さんと会ってるんだ」

母から返ってきた言葉はそれだった。

「コソコソなんてしてないじゃない。ちゃんと、おばちゃんのところに行くって言ってる訳だし」

母は舌打ちをして、ぷいと横を向いた。

「おばちゃんは、私を可愛がってくれるし。普通は娘が世話になったら、いつもありがとうって礼を言うのが筋なんじゃないの」

「ふん、子どもを産んだこともない人が、ちょっと母親気取りしたいだけよ。そんなに子どもが可愛いなら、ちゃんと結婚して子どもを産めばよかったのに」

母の酷《ひど》い物言いに、娘としてだけでなく、人として心苦しくなる。

「あっ、姉さん、まさか老後の面倒を真梨子にみてもらう魂胆じゃないでしょうね」

「だとしたって別にいいじゃない。でも、そんなつもりで私を可愛がってくれてるんじゃないわよ」

「ほーら、もうすっかり騙《だま》されちゃって」

「別に騙されてなんかいない。おばちゃんは、根っからやさしい人だもの」

「すぐそうやって、姉さんの肩を持つんだから。折角、ここまで育ててやったのに、あんた、本当は姉さんの子に生まれたかったんじゃないの」

「そんなこと、ひと言も言ったことないじゃない」

「大体、姉さんは、自分が犠牲になったって恨みに思ってるのよ。私を高校に行かせるために、自分は全日制の高校を中退して、夜学に通いながら家計を支えるハメになったって。自分の方が頭が良くて勉強もできたのに、ばかな妹のために損したって思ってるのよ」

昔、祖母から聞いたことがある。

母たち姉妹は早くに父親を亡くし、女手ひとつで育てられた。伯母が中学を卒業した後、祖母は親戚《しんせき》を頼って姉妹と一緒に立川に移り住んだ。働き口を世話してもらったのだ。ところが、東京に引っ越して二年目、元々病弱な祖母が体調を崩し、一時、仕事に出ることができなくなってしまったらしい。そんなとき、祖母に代わり、高校を中退して一家を支えたのは伯母だったということだ。

祖母が生きていた頃は、母が荒れるようなことはなかった。ところが、祖母が亡くなった途端、心の中の堰《せき》が切れて黒い水が溢《あふ》れるように、母の口から伯母を悪く言う言葉が出始めた。

「姉さんは物静かなふりしてるけど、腹の中じゃ、この子がいなかったらよかったのにって、ずっと私のことを責めているのよ。そう思ってるなら、はっきり口に出せばいいのに。それを善人ぶっちゃって何も言わないんだから」「結婚もしないで、あの人、この先どうするのかしら？　もっとも今からじゃ手遅れってもんだけど」「あんたのことだって、頼んでもいないのに、小さいときから洋服だとか買ってきて、物で釣って手なずけようとしたんだから質《たち》が悪い」

そんなふうに悪態をついているかと思えば、ひとたびお酒を口にすると泣きが入る。いや、嘆きと言ってもいい。

母が自宅で飲むようになったのはいつからだったか、飲酒の量が増えたのはいつ頃からだったか……。

私が小さい頃、母が酒を口にする姿を見たことはなかった。が、最近は私が帰宅すると、食卓にはビールの缶が倒れ、ウイスキーの瓶が載っていることがある。

「私のことなんか誰も分かってくれない」とか「私なんか生きてる価値がない。もう、死にたい」とか言い出し、そしてまったく意味不明なことまで延々と嘆く。ちょっと手がつけられない状態になり、最後は「ごめんね、ああ、ごめんなさい」と、誰に謝っているのか分からないが、子どものようにぼろぼろと涙を流しながら、声を上げて泣くのだ。

そういうときに母を諭すなり、戒めるなりしてほしいのは父なのだが、まったくアテにならない。父はそんな母の姿を目の当たりにすると、さっさと寝室に避難してしまう。気持ちは分からないでもないが、そういうところは不満に思う。

居間のソファで酔い潰《つぶ》れた母を放っておけず、結局、ベッドまで運ぶ役は私になる。

「それは困ったものねえ。私が言って聞かせてもいいんだけど……」

伯母は自分の悪口を言われているとも知らず、母のことを心配してくれる。いや、薄々は気づいているはずだ。だとしても、私がそんなことを言えば、特に伯母とのつきあいを快く思っていないと話せば、伯母は気を遣って私と会うことを躊躇《ためら》うかもしれない。

「ううん、おばちゃんが気にすることなんてない。近いうち、それとなくお医者さんに診てもらうようにするから。アルコール依存症だなんて言われても困っちゃうけどね」

「そうね、それがいいわね。あれでいて美代子は気が小さくて寂しがり屋だから」

「ええっ、そうかなあ？」

「そうなのよ。あのね、美代子は中学生になっても、ひとりでお留守番ができなかったくらいの寂しがり屋でね。ほら、おばあちゃんもおばちゃんも仕事で遅くなることがあったから。あ、そうだ、一度ね、帰りが遅いって食って掛かられたことがあったわねえ。あのとき、おばちゃんも働きながら夜学に通うことにまだ慣れてなくて、疲れてたもんだから、つい〝それくらい我慢しなさいよ〟って叱っちゃったの。おばあちゃんにも〝美代子は何もしてないんだからワガママ言っちゃいけないのよ〟って追い打ち掛けられちゃって。そうしたら、ご飯が喉《のど》を通らないくらいシュンとしちゃって、ちょっと可哀想だったけどね」

「ふーん、そんなことがあったんだあ」

「あのことが美代子の心の傷になっちゃったのかなあ……」

「心の傷ねえ」私は伯母の淹《い》れてくれた紅茶をひと口飲んだ。

専業主婦の母は、父や私が会社に出てしまえば家でひとりきりだ。もしかしたら、母が荒れることの一因になっているのかもしれない。

「あ、そうだ、傷で思い出した。もう、私ったら嫌ねえ」伯母が苦笑いをする。

「ん？」

「真梨ちゃんに来てもらった理由のことよ」

近況報告や母の話をしていて、私も本題を訊《き》くことを忘れていた。

「実はね、真梨ちゃんにやってもらいたいことがあるのよ」

「私にできることならなんでもするよ」

「ありがとう。真梨ちゃんは頼りになるわ。うーん、でも、ちょっと変わったお願いだから……」

伯母は済まなそうな顔をして、テレビの載ったチェストの引き出しに手を伸ばした。

「これなんだけど」

伯母はガラステーブルの上にハガキを置くと、滑らせるように私の前に差し出した。

「ん？」

ハガキを手に取って文面に目を落とすと、それは中学の同窓会の案内だった。

「同窓会があるの？」

「お正月に届いたの。五年に一度くらいの割合で集まってるのよ。でも、ここ十年くらい、なんやかんやとあって、おばちゃん、出席できなかったんで、今回は行こうと思って出席に丸して返信したの」

「ふーん、あれ、もう来週の日曜じゃない。でも、なんか同窓会にしては四月なんて中途半端な時期にやるんだね」

私の偏見なのだろうか、田舎で開く同窓会なら、みんなが出席しやすいように、お正月やお盆の時期にやるものだと思っていたので、四月というのがどうもしっくりこなかった。

「普通の集まりをしても面白くないから、高遠《たかとお》のお花見を兼ねて集まろうってことになったみたい」

「たか、とお……の桜？」

「そうかあ、真梨ちゃんは行ったことないのね。伊那《いな》に高遠城址《じょうし》公園っていう桜の名所があるのよ。〝天下第一の桜〟って言われて、コヒガンザクラがいっぱい咲き誇って、それはきれいなのよ。高台からはアルプスの山並みも見えるし」

母や伯母にとっては所縁《ゆかり》のある土地だが、私は一度も訪れたことがない。

「ふーん、そうなんだあ。で？」

「おばちゃん、どうしても外せない出張が入っちゃって行けなくなっちゃったのよ」

「あら」

「それでね、おばちゃんの代わりに出席してもらえない？」

「え、私が？」

大概のお願い事なら二つ返事で了承するところだけど、さすがに何を言い出すのかと驚いた。それにいくら大好きな伯母《おば》の願いといえども、同窓会の代理出席など聞いたことがない。

「そうよね、驚いちゃうわよね、ばかなお願いだもの」

「う、ううん、まあ」

「それでも、お願いしたいの」

伯母は冗談を言うタイプではないので本気なのは分かる。分かるけど……。

言葉を失ったままの私を尻目《しりめ》に、伯母は立ち上がるとクローゼットの扉を開けた。奥から大きめの手提げ袋を取り出すと、再び私の向かいに正座した。

「それでね、もうひとつお願いがあって」

そう言うと伯母は袋の中から三十センチくらいだろうか、正方形の厚紙を出した。

「このレコードなんだけど」

差し出されて、それがレコードというものだと気づいた。そういうものがあったことは知っているけど、実物は見たことがない。私が物心ついた頃には、ＣＤになっていたからだ。

「サイモンとガーファンクルの〝卒業〟っていうLP。映画のサントラ盤ってものね。未使用のものってなかなか見つからなくて困ったけど、渋谷《しぶや》のレコード専門店にお願いしたら探してくれて、やっと手に入ったの」

「……うん」

　私はきょとんとしたまま伯母の言葉を聞いた。

「このレコードを、同窓会に来るある人に届けて、ううん、返してきてほしいの」

「返してきてほしい？」私はオウム返しをする。

　伯母は大きく吸った空気を溜息《ためいき》に変えて吐き出すと「やっと、返せると思ったのに、残念だわ」と目を伏せた。

「郵送すれば済むことなんでしょうけど、でもねえ……」

　伯母はレコードを手にすると、ジャケットの表面を愛《いと》おしそうに指でなぞった。

「で、その、私が行ったとして、誰に渡せばいいの」

「前田道生《まえだみちお》さんっていう男の人に渡してほしいの。今度の幹事役だから、会には必ず来るはず」

「うん……。ねえ、おばちゃん、言いたくなければ別に言わなくてもいいけど、どうしてその前田さんって人にこれを渡す、いいや返す訳？」

　伯母は最初、口籠《くちごも》って言いたくないようではあったが「遠い昔の話」と、ひと口紅茶をすった。

「昔は、友だちの間で漫画本なんかもよく回し読みしたけど、レコードも同じ。みんながみんな買えた訳じゃないし。だから、誰かが一枚持っていれば、それを友だち同士で貸し借りをして聴いたものなの。中学三年のときだった。サイモンとガーファンクルのレコードを借りたの。おばちゃんの順番が回ってきて、何度も聴いたわね。うちはお父さんが、つまり真梨ちゃんのおじいちゃんだけど、早くに亡くなってしまったから、家計が苦しくてね。立派なステレオなんてなくて、小さなポータブルプレイヤーしかなかったの。それでレコードを聴いてたとき、足を不注意に伸ばしてプレイヤーを蹴《け》っちゃったの。針のついたアームのところをね」

伯母は、今ここでやってしまったというような気まずい顔をした。

「ギギって音がして。ああ、やっちゃったと思った。案の定、レコードに傷をつけちゃった。その箇所にくると針がプツッとかいって進まなくなっちゃった。まいったなあって思ったんだけど、こっそり新しいものを買って取り替えることもできないし、悪いとは分かってたんだけど、そのまま次の人に回したのよ」

伯母は大きく溜息をついた。

「すぐ気づくわよね。翌朝、教室に行くと、レコードに傷がついてるって話になって。ちょっとした騒ぎになっちゃった。そのレコードってね、竹山《たけやま》くんっていうクラスメイトのお兄さんのものだったから、竹山くん青くなっちゃって。〝どうすんだよ、兄ちゃんにぶっとばされる〟って半べそかいちゃうし。当然、最初に疑われるのはおばちゃんだよね。いや、疑いじゃなくて、犯人は間違いなくおばちゃんなんだけど。でも、正直に言えなくって。〝私に回ってきたときは、もう傷がついてた〟ってつい嘘をついちゃったの。おばちゃんは、クラスじゃ真面目だなんて思われていたお陰で、否定したら、みんな〝幸子ちゃんじゃないね〟ってことになった。じゃあ、誰だってことになるわね。そこで疑われたのが、私の前に借りていた前田くんだったの。前田くんは、ちょっとお調子者みたいな雰囲気のある子だったから、やつならぞんざいに扱うかもしれないってことになっちゃって。勿論《もちろん》、前田くんは〝オレじゃねえよ〟って否定したけど、雰囲気は彼を犯人にしちゃってた。おばちゃん、済まない気持ちでいっぱいだったんだけど、結局、黙ったまま……。前田くん、弁償したのよ。彼がやった訳でもないのに……。それ以降、おばちゃんは友だちからレコードを借りなかった。ラジオで我慢したの。っていうか、罰だものね。それくらい当然だよね」

伯母は一気に喋《しゃべ》った。

「その後、前田くんにレコードを貸すと傷をつけられるから貸さないっていうことになっちゃって……。ホント悪いことしたなあって。せめてもの救いは、前田くんは明るい子だったから、それ以外のことで仲間はずれにされるようなことはなかったってこと。まあ、勉強も運動もできたしね。あれが、もしおばちゃんだったら、総スカンを食らって登校拒否にでもなったかもしれない」

伯母はもしかすると、その前田さんを好きだったのではないか、ふとそう思った。

「ふーん、そんなことがあったんだ」

「今までにも謝ろうと思えばそういう機会だってあったのに、ついつい言い出せなくてね」

伯母は何度か小刻みに頷《うなず》いた。それは想い出を懐かしむような表情からは程遠く、苦しい思いを吐き出すかのようだった。

「でも、その前田さんっていう人だって、もう忘れちゃってるかもよ」

「そうかもしれないけど、ちゃんと謝っておかなきゃならないことなの。ずっと気に病んでたことだから……。おばちゃんの心には、なんか、こう、いつも小さな棘《とげ》が刺さってるっていうか、傷があるっていうか」伯母は視線を宙に向けた。

端から見ればどうでもいいような小さな出来事が、取れない棘のように刺さっている感覚は私にも分かる。いや、私など、いくつもの棘が刺さっている。

「何かの拍子に〝サウンド・オブ・サイレンス〟とか耳にすると、瘡蓋《かさぶた》を剝《は》がされたような気分になっちゃうのね。そういう思いは時間が過ぎたからといって決して消えることはないんだわね。ううん、小さい傷だからこそ、余計そうなのかもしれない。ちっちゃな嘘なんか、いくらでもついてきたのにねえ」

「おばちゃんは、小さくても嘘なんかつかない人だよ。それは私がよく知ってる。だから、ずっと後悔してきたんでしょ？」

「真梨ちゃんは、ホントにやさしい子よね、ありがとう」

伯母は少しほっとするように顔を上げると、口元を結んで頷いた。

「そういう事情があって……。いや、そのね、行ってほしいと言われれば、それを持って行くのは構わないけど……。でも、私が行ったんじゃ意味がないんじゃない？　なんとか都合はつかないものなの？」

私がそう水を向けると、伯母は小さく頭《かぶり》を振った。

そして、ひと呼吸間を置くと「そうしたいのはヤマヤマだけど、あのね、うちの会社が秋田に新しい工場を建てる計画があるんだけど、土地の買収で行き違いがあったらしくて、その日は社長と常務のお供をしなくちゃならなくて……」と、そこまで言った後、伯母は黙った。そして「次はあるのかしらね」と、静かに微笑んだ。

「真梨ちゃん、おばちゃんは嘘をつかない人なのよね……」

「ん？」

「真梨ちゃんには本当のことを言うわ」

「ホントのこと？」

「おばちゃんね……。来週から入院しなくちゃならないの」

「ええっ」

「再発しちゃった」

岡谷《おかや》で特急から飯田《いいだ》線に乗り換えた。

一泊するという前乗りも考えてはみたが、泊まりがけとなると母にあれこれと勘ぐられ、後々面倒になりそうだと思い、多少の強行軍は承知の上で日帰りを選んだ。

列車がガクンと揺れて目が覚めた。ふと窓の外に目を向けると伊那駅に到着していた。

「あ、いけない」

昨日《きのう》はなかなか寝つかれず、結局、寝入ったのは外が白々と明け始めた頃だった。そのせいで、あずさ号の中でも眠ってしまったが、伯母《おば》とのやり取りを思い出している内に、飯田線の車内でもウトウトしてしまった。

慌ててバッグと伯母から預かった大切な荷物を抱えると列車から飛び降りた。

ホームに降り立ち、辺りを見渡すとアルプスの稜線《りょうせん》が一層青く見えた。

改札に足を進めると、日溜《ひだ》まりの中で、一匹の猫が毛繕いをしている。駅で飼われているのだろうか、それとも勝手に駅をねぐらとしているのだろうか。

同窓会会場は、高遠城址公園近くのホテルだ。

――折角だから、コヒガンザクラでも見物してらっしゃい。

昨日、入院先の伯母から電話をもらった際、そう勧められたものの、大役を担ったようで、とても観光気分にはなれそうになかった。

――残念だけど、今回は我慢する。

——そう……。

——その代わり、おばちゃんがよくなったら来年の春に一緒に見に行こう。

それに伯母は答えなかったが、受話器の向こうで頷いている気がした。

駅舎を出ると、バス乗り場に数台のバスが停まっていた。バスを利用してもよかったのだけれど、ロータリーに横付けされていたタクシーに乗り込んだ。ホテルの名を告げると、愛想のいい年配の運転手が「はい」と声を弾ませた。

「お客さん、桜見物にきたの？」

「え、ええ、まあ」

まさか、伯母の代わりに同窓会に行くとは答えられず、適当にごまかした。

「どれくらいで到着しますか？」

「ま、二十分かそこらってとこかな」

案内状に記されていた会の予定では、正午に高遠城址公園に集合しお花見をした後、午後三時にホテルの宴会場へ移動して、同窓会は本番を迎える。

腕時計に目を落とすと、午後二時半になろうとしていた。ちょうどいい時間に着きそうだ。

と、急に武者震いがきた。そういえば、伯母は私が行くことを幹事に連絡してくれているのだろうか。しまった、肝心なことを聞き忘れた。もし連絡がいっていなかったとしたら、説明をしなければならない。どう切り出せばよいものか。いや、前田さんに会う前に、受付を通さねばおかしい。奇妙に高鳴る鼓動を感じた。

運転手が言った通り、二十分もすると、緑色の屋根の建物が見えてきた。こぢんまりとした造りのホテルだ。

道路から広い駐車場へ入り、タクシーは廂《ひさし》の下のエントランスへ滑り込む。料金を支払い、ベージュの絨毯《じゅうたん》が敷かれたロビーへと足を踏み入れた。幅の広い四角い柱の陰に立ち館内を見渡す。

「えーと、会場は？」

案内板に宴会場は二階と記されていた。階段を上る途中で、大勢の人の声が聞こえた。上りきった場所からその声の方を窺《うかが》うと、ロビーの辺りで年配の男女が立ち話をしている。開場されるのを待っている様子だ。ざっと数えて、七十人、いやもう少し多いか。既に花見をしながら酒を飲んだのだろう、顔に赤みのある人ばかりだ。

よし、行こう。私は姿勢を正して受付に向かった。みんなの視線が私に向けられたような気がした。それはそうだろう、どう見ても同級生には見えないのだから。

受付には女性がふたり座っていて、名簿らしき紙を覗《のぞ》き込んで言葉を交わしていた。

「あのー」と声を掛けると、ふたり同時に顔をあげた。

と、間髪容《い》れずに「あら、田村《たむら》の幸ちゃんの姪御《めいご》さんだね」と言われた。

「幸ちゃんから連絡あったわよ、うちの可愛い姪が代理で行くからって」

小太りでいかにも人のよさそうなおばさんがにこにこしながら話し掛けてくる。どうやら、伯母はちゃんと連絡をしてくれていたようだ。

「幸ちゃん、残念だったね。なんか出張が入っちゃったんだってね。十年ぶりに会えると思ってたけど。どう、幸ちゃんは元気？」

「ええ、まあ、はい」

　本当のことなど言えない。だから、こういう嘘は仕方ない。

「みんなで写真撮って、幸ちゃんに送ってあげるよ」

「すみません、伯母も喜ぶと思います」

「ほら、この子、田村の幸ちゃんの姪だって」

　おばさんが手をみんなに振って合図した。「おおっ」という歓声と拍手が起きた。どう反応していいものか戸惑いながら、私は四方に軽くお辞儀をした。

「あ、会費を」私はバッグから財布を出そうとした。

「いいのいいの、あんたのは要らない。ゲストなんだから、こんな若い子が来てくれて、おじさんたちは大喜びだからね、ははは」

　そう言われて、無理に笑顔を作ろうとしてかえって頬が強張《こわば》ってしまった。ただ、それで緊張が幾分解《ほぐ》れた。

「はい、準備が整ったので、みんな会場に入って」

　ロビーに溜まっていた人たちがぞろぞろと会場に入る。

「さあ、あんたも入りなさい」

「あ、どうも」

「荷物、預かるよ」

「いえ、これは、ちょっと」

そう断って、伯母に託されたレコードが入った手提げ袋を私は胸に抱え直した。

会場には円卓が配置され、ビュッフェスタイルの宴会のようだ。

「あのー、前田さんって方はどなたでしょう？」

隣に立っていたおばさんに尋ねた。

「道生？ああ、あそこ」と指差された方へ視線を向けると、口髭《くちひげ》を蓄え額のはげ上がった人が司会席に立っていた。

とりあえず、挨拶《あいさつ》に向かおうとすると、前田さんがマイクを手にして喋《しゃべ》り始めた。

「えー、みなさん、お待たせ四万十《しまんと》川……って、なんで四国の川やねん」

前田さんの親父ギャグに笑い声とブーイングが浴びせられた。なるほど、伯母の言っていた通り、前田さんはお調子者タイプらしい。歳を重ねてもそれは健在だ。

挨拶のタイミングを逸してしまった私は壁際へと戻った。

乾杯や恩師の紹介などが続き、歓談タイムに移った。その段階で、私は次々にビールのお酌の洗礼を受けた。

「こら、若い子にあんまり飲ませちゃだめだよ」

「なーに、若いんだから、どうってことないよな」

「何、日帰りで東京に戻るの？」

「うちに泊めてやるから、ゆっくりしていきな」

「なんなら、そのままうちの子になっちゃってもいいし」

中には抱えて離そうとしない紙袋に興味津々の人もいて「何が入ってるの、おじさんに見せて」と擦り寄る人も出てきた。

そんなことを言われながら、デジカメやケータイのレンズを向けられる。ちょっとしたアイドル並みのモテ方だが、うまく笑顔が作れない。

この分ではなかなか前田さんに辿《たど》り着けそうにもない。伯母との約束がどんどん後回しになってしまう気配に少しばかり苛立《いらだ》ってしまった。

と、前田さんが司会席から離れ、会場の外へ出た。

「あ、ちょっと失礼します」

そう言って、取り囲まれた輪の中から抜け出すと会場の外へ出た。

前田さんは端っこのソファに座って、煙草に火を点《つ》けようとしていた。その背後から「前田さん」と声を掛けた。

「ん？」

振り向いた前田さんは「ああ、幸ちゃんの……」と顔をほころばせた。

「はい」

「幹事は世話係だから、飲めないんだよね。だから、せめて一服」

「実は伯母《おば》から、前田さんに返してほしいという物を預かってきました」

「返す物？」

不思議に思っても当然だ。

「これです。中に伯母からの手紙も入ってます」

前田さんはくわえ煙草で目を細めながら手提げ袋を受け取った。そして包装紙を開いた。

「えっ、レコード？　おお、サイモンとガーファンクルだな」

前田さんはレコードをソファの空いたスペースに丁寧に置くと、煙草を灰皿でもみ消して、添えられていた手紙の封を開けた。

文字を追う前田さんの視線を私もしっかりと目で追った。まるで自分が告白をして、その返事を待っているような気分で、少しいたたまれなくなる。にやけていたような前田さんの表情が心なしか引き締まったものに感じられた。

前田さんはほっぺたを膨らませると、手紙を折り畳んで封筒に戻した。そして大きく息を吐いた。

「こんなことを、ずっと気にしていたなんてなあ」前田さんは天井に目を向けた。

「そうかあ、それで返すってことか。幸ちゃんらしい。あの人は昔っから真面目だったからなあ」

「今でもそうですよ」

「ということは、これをオレに返すために、わざわざ足を運んでくれたってことなんだ？」

「はい、伯母に強く望まれたものですから」

「ふーん、そうなの。でもさ、悪いけど、すっかり忘れちゃってたよ」

忘れていたと言われ、悲しい気持ちになった。

「だけど、お陰で思い出したよ。あのときのオレは幸ちゃんを守ってあげた気がしたんだよなあ。うん、懐かしい。そういうオレもいたんだ」

目尻《めじり》に皺《しわ》を寄せながら小さく笑うその顔を見ていると、立ち込めた雨雲が散って行くような気になった。早くこのことを伯母に伝えてあげたい、そう思った。

「すみません、私、このまま失礼して帰ります。中に戻ると、どなたかの家の養女にされちゃいそうなので」

「ははは、面白いこと言うね。ま、でも、それならうちの息子の嫁にでもなってほしいけど」

「では改めて参ります。もしご縁があれば」

「ご縁、あると嬉《うれ》しいね」前田さんは目尻を下げて笑った。

「ありがとうございました」私は深々とお辞儀をした。

私が階段へ向かうと「あ、ちょっと」と引き留められた。

振り向くと前田さんが戻っておいでと手招きをしている。私は踵《きびす》を返して、前田さんの座るソファに近づいた。

「何もオレから持って帰らなかったら、子どもの遣いにならないか？」

「はい？」

「一分待って」

前田さんはジャケットの内ポケットから黒革の手帳を取り出すとメモページを開いた。万年筆のキャップを口にくわえ、そのページに何やら書き込んだ。そして、そのページを破った。

「幸ちゃんに言っておいて、今度は直接会って話がしたいって」

そう言うと、前田さんはメモ紙を差し出した。

そこには、無骨な文字でこう書かれてあった。

『田村幸子様　確かにレコード、返していただきました。すべて許す。前田道生』

Fの壁

窓際に立って何気なく外に目を向けると、晴れた空に大きな鯉のぼりが泳いでいた。

私が借りているマンションの二階の部屋からは、東隣の家の庭がよく見える。住人はおそらく七十歳代の老夫婦だ。ときどき庭に出た姿を見かける。普段は子どもの気配を感じないが、週末になると小さな男の子たちの賑《にぎ》やかな声が響く。きっと老夫婦には別の場所に住んでいる子ども夫婦がいて、孫を連れてやって来るのだ。だとすれば、鯉のぼりは孫のために上げているということか。

敷地は百坪くらいあるだろうか。こういう住まいを〝お屋敷〟と呼ぶのだ。久我山《くがやま》にこれだけの土地だ、評価額は一体どれくらいになるのだろうと、つい下世話な計算をしてしまう。

それにしても美しく整えられた庭だ。全体に緑の芝生が張られ、塀の内側に沿うように多くの庭木がほどよく配置されている。春先には梅の花が咲き、枝に止まったメジロのチーチーという鳴き声と一緒に、その匂いがこの窓辺にまで届く。この季節にはどの木々も新緑を茂らせ、葉の擦れ合う音が聞こえる。そして梅雨の頃になれば、赤紫色のあじさいが一面に咲き誇るのだ。私は洗濯物を干すときなど、まるで我が家の庭を眺めるようにベランダから借景を楽しむ。

それにしても塀の向こう側とこちら側では随分と差があるものだな。

1DKのこの部屋に越して来て五年半か。平日は仕事で留守にしているし、寝るだけの場所ならこの程度の広さで充分だが、五十歳を目前にした中年男の住処《すみか》としては、正直、侘《わび》しさを感じなくもない。

「あああっ」

大型連休に入ったものの、いつもと変わらぬ一日が淡々と始まったかと、両手を挙げて伸びをした。と、そのとき、ベッドの枕元に置いておいたケータイの着信音が鳴った。

——はい。

——あ、オレ、裕太《ゆうた》。

——お、久しぶりだな。

この頃は滅多に電話もメールもよこさない、中学二年生になった息子からのものだった。息子は、府中《ふちゅう》にある別れた妻、亜由子《あゆこ》の実家で、祖父母と暮らしている。

離婚をして六年。そんなこともなければ、祖師ヶ谷《そしがや》に購入したあのマンションで、平凡でも親子三人の暮らしが続いていたはずだ……などと時折、感傷的になる私とは違って、この頃の息子は妙にドライな感じがして淋《さび》しく思う。

——父さん、今日の午後、家にいる？

——まあ、いるけど。

何も予定はない。ゴロ寝でもするか、出掛けても、精々、近所をブラブラと散歩することくらいしか思いつかない。

——じゃあ、ちょっと行っていい？

——いいけど。で、どうした、何かあったか？

——別に。

——じゃあ、小遣いでもせびりにくるつもりか、ははは。

——そんなんじゃねえし。

——じゃあ、なんだ？

——それじゃ、二時頃に。

息子はそう言い終えると、一方的に電話を切った。

「まったく……。久しぶりに連絡してきたかと思えば、あいつ」と呟《つぶや》いて、私はケータイの液晶画面に目を落とした。呆《あき》れながらも、その一方でソワソワした気分になった。

前回、息子が訪れたのは今年の正月過ぎ、松飾りも消えた頃だった。それも〝お年玉を取りに来い〟というメールを送りでもしなかったら、やって来ることもなかったかもしれない。

二時までにはまだ随分と時間がある。しかし、少しばかり気が急《せ》く。部屋は散らかり放題だ。

「ぱっと片付けて、買い出しにでも行くか」

そう独り言を言って、脱ぎ捨てた服や溜《た》まった新聞紙、雑誌を押し入れに放り込んだ。

こんな有様じゃ息子を引き取れるはずもなかったな、と苦笑する。

意地もあって親権を争った。本音を言えば、ひとりで満足に息子の世話ができるものかと不安があった。不甲斐《ふがい》ないが、そんなふうに弱気になるようでは、最初から勝敗は決まっていたようなものだ。

なんでこんなことになっちまったんだ……。


亜由子とは同僚だった。私たちが勤めていた家電メーカーは、年に一度、大規模なフェアを開催する。十六年前、同じ展示ブースの担当者に選ばれたことがきっかけで、私たちは急接近した。それから一年半の交際を経て結婚したのだ。

結婚にはなんの障害もないと思われた。私の実家は勿論《もちろん》、亜由子の両親からも、反対されていると彼女から聞かされたことはなかったからだ。

だが、実際には亜由子の父親は本心では、娘の相手として私を相応《ふさわ》しいとは思っていなかったようだ。

挙式を一週間後に控えた日、亜由子の実家での食事に呼ばれた。

「亜由子、靖幸《やすゆき》くんが落ちぶれるようなことがあったら、遠慮は要らないから、いつでも帰って来い」

着席し、鍋《なべ》が煮えるよりも早く、父親がそんなことを言い始めた。最初は、これが娘を奪われてしまう父親の心境なのだろうと聞き流していたのだが、酒が進むにつれて、単なる恨み節には聞こえないような物言いになっていった。

「それにしても、なんでこの男だったんだ。サラブレッドとまでは言わないが、せめてもっと走れそうなやつはおらんかったのか。駄馬、いや、ロバか。そうなると、もはや馬じゃないしな。だから早いうちに嫁に行けって言ったんだ。まごまごして、三十路《みそじ》を過ぎてしまったもんだから、こんな……」

いくら酔った上での話とはいえ、そこまで言われれば気分が悪い。それでも愛した女と所帯を持てるのだからと思い、私は「すみません」と苦笑いをしながら頭を下げた。

が、そのとき、嫌な予感が頭の隅を過《よぎ》った。

その予感は、残念ながら的中する。

結婚後、顔を合わすたびに、何かと厭味《いやみ》を言われた。

義父は運輸会社で営業部長を務めた人だ。しかし、出世は部長止まりで、本社の役員にはなれず、定年間際に子会社の役員になった。役員面をして威張ってはいたが、実のところ飛ばされたのだ。私だって勤め人の端くれだ。それくらいの仕組みなら分かる。

だが、そんなふうに中途半端に出世した人間がいちばん始末が悪い。上の者には媚《こ》びへつらい、そのくせ内心、コンプレックスを抱え、その捌《は》け口として立場の弱い者に威張り散らす。私に厭味を言ったり、因縁を吹っかけてくるのも、そういった類《たぐ》いのことだったのだろう。

私の心の中にはいつしか、そんなにオレが嫌いなら、亜由子とつきあっているときに、はっきりと言ってくれればよかったものを……。そうすれば、引き返すこともできたのに、という気持ちが芽生えた。

不思議だったのは、そういう場に居合わせた亜由子も母親も、私に対して横暴な言い方をする父親を一度も咎《とが》めることがなかったことだ。それでも私は、亜由子に鬱積《うっせき》した感情をぶつけるようなことはしなかった。

やがて裕太を授かり、自分の家庭のしあわせだけに気を配ろうとした。が、そこで義父の横槍《よこやり》が入る。しかし、まさか、そんなことが夫婦仲を壊すようなことになるとは考えられなかったのだが……。

「パパのね、会社の同期だった人のお孫さんが慶明《けいめい》小に合格したんだって。それで、パパも裕太を慶明に入れたいって言ってる」

「なんだ、それ？　つまり何か、お義父《とう》さんの見栄のために、裕太にお受験させろってことなのか」

「何言ってるの、裕太の将来のために決まってるじゃない」

それはそうかもしれないが、亜由子はうまいこと義父に丸め込まれたに違いないと思った。

「オレはあんまり気が進まないな」

とは反対したものの、結局その流れに逆らうことができず、ズルズルとお受験することになった。

しかし、よい結果は得られなかった。慶明のみならず、他に受験した学校も不合格だった。

小学校の受験など、そのほとんどの責任は親にある。裕太を責めることはできない。私が見る限り息子は頑張った。単に結果が伴わなかっただけのことなのだが、どうやら亜由子と義父にとっては、それで済む結末ではなかったようだ。

「あなたが積極的じゃなかったから失敗したのよ」

亜由子は合格発表の晩、しかめっ面をしながら私に食ってかかった。

「はあ?」

「もうっ、幼稚園の仲良しはみんな志望校に合格したっていうのに、私、恥ずかしい」

「裕太が可哀想っていうなら分かるけど、なんでお前が恥ずかしいからってオレが責められなきゃならないんだ」

「だって、あなたに力がないからじゃない」

「ああ、そうか、その通りだな、オレが全部悪い。そういうことにしておけば気が済むんだろう」

子どものお受験に失敗して、夫婦仲が悪くなるという話は聞いたことがあったが、我が家にそんなことが降り掛かってくるとは思ってもみなかった。

おまけに義父からもさんざ厭味を言われた。

「父親の頭のデキがよくないからな。遺伝じゃ仕方ないが、それならそれで必死にコネくらい探すもんだけどなあ。それにしても自分の子の足を引っ張る親というものがあるもんなんだな。この先、裕太が心配だ」

近い将来、離婚すると分かっていたら〝あんたの娘の頭のデキはどうなんだ〟と言い返してやりたかったが、すべてはあとの祭りだ。

当然だが、私は亜由子の実家から足が遠退《とおの》くことになる。とにかく避けていれば嫌な思いをせずに済む。

息子は地元の区立小学校に入学し、毎日、元気に登校した。受験に失敗すると、親の期待に応《こた》えられなかったことに責任を感じ、笑顔を失う子もいると聞いたことがある。裕太がそうならなかったことは救いだった。

それからしばらくの間、平穏な生活を取り戻し、ほっとしていたのだが、もっと厄介な話が持ち上がった。

「パパが同居しないかって」

マンションを購入して一年にも満たない頃だった。

「オレは絶対に嫌だ」

「ええっ、なんで？」

「お前、分かりそうなもんだけどな。それとも理由を言わせたいのか」

「あなたがパパを嫌ってるのは……」

「ちょっと待て、オレが嫌ってるんじゃなくて、その、なんだ、お前の父親がオレを毛嫌いしてんだろう」

「あなたがパパに馴染《なじ》もうとしないからじゃない」

「はあ？　冗談でしょ」

「もっとパパが気に入るように振る舞ってくれればいいのに」

「あれだけのことを言われ続けてきて、オレにどうベンチャラを言えって言うんだよ。あのパパさんに」

「もう、すぐそういう言い方をするんだから」

「あ、そのシャツ素敵ですね、パパ。お肩をお揉《も》みしましょうか、パパ……とか、にやけて言えばいいのか。まあ、いいよ、そんな歯の浮いた言葉で待遇がよくなるなら。いっくらだって言ってやるよ、オレにだって社会性はある、世辞のひとつやふたつ笑顔で言えるんだ」

私がどんなに首を横に振ってみても、亜由子は同居話を時と場所を選ばずに持ち出した。

ある晩、仕事でのトラブルがあり苛々《いらいら》していたとき、また切り出された。

「ねえ、同居すれば、パパがなんでも手助けしてくれるって」

「だから、その話は……」

「全然、まともに考えてくれてないじゃない」

「オレは今、ちょっとばかり大変なんだ。そんなにパパと住みたけりゃ、離婚してお前だけパパのところへ戻ったらどうだっ」

かっとなって、つい怒鳴ってしまった。そして軽率なことを言ってしまった。

愛し合った仲とはいえ、所詮《しょせん》、夫婦というものは他人同士なのだろうか。小さな歯車のズレはあっという間に家族という機能を麻痺《まひ》させる。それでも、私たちは踏み止《とど》まれると信じていたのだが……。

離婚して半年後、マンションを売却した。

親子三人で住むのなら3LDKの広さも楽しいものだったが、私ひとりで住み続けるには、その広さがかえって虚《むな》しさを生む。もっとも手放したのはそんな悠長な理由ではない。ローンの返済より、養育費に回せる金が欲しかった。

「やせ我慢など無用なのにな」と、義父は言ったそうだが、そう言われて「はいそうですか」と引き下がれるはずもない。父親としての責任、いや、安っぽいと笑われようが男としての意地はある。

二週間に一度の割合で、私は息子に会うことを許されていた。下手に親権を争わなければ、そんな条件をつけられなかったはずだ。すべてが裏目に出た。

京王線の府中駅まで息子を迎えに行き、亜由子から預かる。一緒に過ごす時間は、長くても六時間程度。その僅《わず》か半日のことであっても、亜由子は私に預けることを快く思ってはいなかった。

「ちゃんと返してくださいよ」

「そういう言い方はよせよ。裕太はモノじゃないんだ」

遠出は無理なので、近場の公園で遊んだ後、ファミリーレストランに立ち寄り、パフェを食べるのがお決まりのコース。周りのテーブルを見ると、両親に挟まれて楽しそうに話をする子どもがいて、失ったものの大きさを思い知らされた。

そういう家族に目を奪われていると、私の胸の内を敏感に察したのだろう、息子は「先生がね」「友だちがね」と、次々に学校での出来事を話すのだ。本来なら立場が逆で、私が息子に気を遣わねばならないのに、自分の不甲斐《ふがい》なさと息子の健気《けなげ》さが入り交じって泣きそうになった。

そんな後ろめたさもあり、ついゲームソフトなどを買い与え「モノで手懐《てなず》けようとしないで」と、亜由子から文句を言われた。でも、文句を言われようが息子と会えるならそれでよかった。

亜由子の後に続きながらも、裕太は何度も振り向いては私に手を振った。その姿が人込みに消えるまで、私も手を挙げて見送ったものだ。

しかし、そういう時期は長く続かなかった。

三年生になった息子は、地域のサッカークラブに入った。

――次の日曜日は試合があるから、裕太には会えませんよ。

亜由子からそういう知らせが入った。

――じゃあ、応援に行くか。

――どうして？

――どうしてって、オレは父親だぞ。父親が息子の応援に行ったって、なんの問題があるんだ。

――チームの子はご近所のうちの子ばかりなのよ。離婚したのも知ってるし、あなたがウロチョロしてヘンに思われたりしたら嫌じゃない。妙な噂とか立てられても困るし。

――妙な噂って……。

――それに、応援ならパパもママも行ってくれるから。

――また、パパか。

しかし、折角、義父と縁が切れ、顔を合わせずに済むようになったのに、迂闊《うかつ》に応援に行って厭味《いやみ》を言われたのではたまらない。たった一度きりのことだったが、試合を観に行ったことがある。グラウンドから少し離れた物陰から、土埃《つちぼこり》を上げてボールを追う息子の勇姿を目で追った。

万事そのような調子で、結局、小学校の卒業式や中学校の入学式にも参列することができなかった。勿論《もちろん》、私の意思ではない。知らせが来なかったのだ。あの義父が父親代わりで参列したのかと思うと、心中穏やかではいられなかった。

更に、成長すれば子どもなりに自分の世界というものができあがる。父親と過ごすより、友だちと遊ぶ方が楽しい。それも仕方ないことだと頭では理解できても、心にぽっかりと空いた穴は簡単に埋められない。

自分が淋《さび》しい思いをするのは仕方ないとしても、習志野《ならしの》に住む私の母にまで切ない思いをさせてしまったかと思うと情けない。

昨今、離婚など珍しいものでも、恥じるべきことでもなくなったが、親戚《しんせき》の中で離婚をしたのは私だけだ。田舎の親類の中には口煩《くちうるさ》い者もいる。母は何も言わなかったが、きっと肩身の狭い思いをさせたに違いない。

父は私が結婚する前に他界していたので、こんな私の姿を見せずに済んだが、母には本当にすまないことをした。しかも、母にとって裕太は唯一の男の孫であり、生まれたときから、それは目の中に入れても痛くないほどの可愛がりようだった。それだけに「裕太は亜由子と暮らす」と告げたときの母の悲しげな目は忘れられない。

いつだったか、母が泣きそうな声で電話を掛けてきた。

――洋服を送ってはみたけど、亜由子さんは送り返してきた。きっと好みじゃなかったんだね。

返す言葉が見当たらなかった。

三年前、病に倒れた母を見舞ったとき、入院先のベッドに横たわる母が「裕太はどうしているかね」と、か細い声でこぼすたびに、いたたまれなくなった。

そして、その半年後、母は息を引き取った。亜由子は「学校を休ませられない」という、取ってつけたような理由で、葬儀にさえ裕太を参列させなかった。こんなことになるなら、息子をさらうようにしてでも、母にひと目会わせてやればよかったと悔やんだ。何事ももっと思慮深く判断していれば、義父の厭味など馬耳東風のごとく聞き流してしまえたら、別の人生を裕太と亜由子と一緒に過ごしていたのだろうか。隣の庭で空に泳ぐ鯉のぼりを、ぼんやりと眺めながら深い溜息《ためいき》をついた。


午後二時を回った頃、チャイムが鳴った。

「お、来たな」

私は狭い部屋を小走りに玄関へ向かった。

「どもっ」

ドアを開けると、制服の紺色のブレザー姿の息子が軽く敬礼するように手を挙げた。

「なんだ、その挨拶《あいさつ》の仕方は。ご無沙汰《ぶさた》してます、とかないのか」

そう言われて息子は「ご無沙汰」と、また軽く手を挙げた。

「まったくな。ま、上がれ」

「うん」

嬉《うれ》しい気持ちとは裏腹に、しばらくぶりに会うせいで少し照れ臭さも手伝って、物言いがぶっきらぼうになる。

息子の背が、また伸びたような気がする。ひとつ屋根の下に暮らしていたら、きっと見落とすような成長も、皮肉なものだがたまに会うとよく分かる。

「お前、背が伸びたな」

「去年一年で八センチ伸びた」

「この分じゃ、あと二年もすればオレの背丈に追いつくな」

ふと脱がれたスニーカーに目を落とす。並んでいる私の革靴より大きい。どうやら靴のサイズは既に追い越されたようだ。

「足のサイズはいくつになったんだ？」

「二十六。でも、ちょっとキツい」

「はあん、じゃあ、父さんよりでかいじゃないか」

「みんなこんなもんだし」

「ふーん。でも、足ばっかりでかくなってもな。お前、少しはおつむの中身もでかくしろよ」

「煩いなあ、ほっといてくれよ」

玄関から四畳半の台所を通り抜け、六畳の洋間に移る。

「ま、狭いが適当に座れ」

「あいよ」

息子は肩から下げたナイロン生地の四角いバッグを部屋の隅に置くと、ベッドの端っこに腰を下ろした。両手を後ろに回して上体を支えるように掛け布団の上に手をついた。

「連休中なのに制服で出掛けてたのか？」

ブレザーの胸ポケットには学校のロゴが刺繍《ししゅう》されている。息子は都内にある私学の中高一貫校に通っている。義父に随分と尻《しり》を叩《たた》かれ、中学受験を強いられたようだ。

「午前中、部活だったから」

息子は吹奏楽部でサックスを吹いている。中学校ではサッカー部に入るものだと思っていたが、吹奏楽部とは全く予想もしていなかった。

「そっか。で、ちったあ、笛は上手《うま》くなったか、ははは」

「笛じゃねえし」

「同じようなもんだろ。大体、オレはお前が吹いてるところを見たことがないからな」

定期演奏会や様々なコンクールもあるそうだが、一度も招待、いや連絡を受けたことがない。

「っていうか、母さんは知ってるし、訊《き》けばいいじゃん」

「訊いて教えると思うか？」

息子は「ああ」と漏らすと苦笑いをした。

「だから、今度は直接、連絡くれ。そうしたらホールの片隅から、お前の姿を見ることもできるしな……」

「うん、ああ、分かった……」

「それにしても、写真の一枚くらい送ってきてもバチは当たんねえぞ」

部屋に飾ってある裕太の写真に目を向けた。小学校に上がったとき、正門に立てられた入学式と書かれた看板の前で撮った一枚。手足をピンと伸ばしてきをつけの姿勢なのに、顔はにたーっと笑っている。

「ケータイで、ちょちょっと撮って、メールに添付すりゃあいいんだからさ」

「自分撮りして送れってこと？　面倒だし、大体、よく撮れねえし」

「だけどお前、それくらいの親孝行はしろよ」

「じゃあ、今度」

「お、そうだ、お前、腹は減ってないのか？」

「部活の帰りに、みんなとマックに寄ったから」

「そうか、じゃあ、なんか飲むか？」

「炭酸系ってある？」

「ある」

近所のコンビニから息子が好きそうな飲み物と袋菓子を適当に買って来た。

私は冷蔵庫からコーラのペットボトルを取り出して「コップ使うか」と、流しの横にあるグラスに手を伸ばしかけた。

小さいときの息子は、飲み物はコップに移してやらないと上手く飲めなかったのだ。

「いいよ、そのままで」

「そ、そうか」

差し出すペットボトルを息子は受け取ると、素早くキャップを捻《ひね》って、注ぎ口からそのままゴクゴクと喉《のど》を鳴らして飲んだ。

その横顔を見ると、オデコの真ん中にニキビがある。昔から癖っ毛だった髪は、長く伸ばしているせいで、一層ウェーブが強くなったようだ。そして口の周りが薄《うっす》らと黒い。産毛から男の髭《ひげ》に変わる途中だ。朝、髭剃《ひげそ》りをするようになる日も近いだろう。

「裕太、お前、チンコに毛が生えたか？」

「何言ってんだよ、まったく」

軽く噎《む》せて、手の甲で口元を拭《ぬぐ》うと、呆《あき》れたような、照れたような表情を浮かべて頭を振った。

「ったく、こぼすところだったじゃないか」

さては、いっちょまえに毛が生えたな。ふと、そのことを亜由子は知っているのだろうかと思った。まさか、風呂《ふろ》を覗《のぞ》くことはないだろうし、裕太がそうさせるはずもないだろう。

「ああ、そうだ。用事ってなんなんだ？」

息子はキャップを締めるとペットボトルを絨毯《じゅうたん》の上に立てた。

「父さん、ギター持ってたよね」

「ん、ギターか？　ああ、あるけど」

最後に弾いたのはいつだったか？　この部屋に越してからは一度も弾いたことがないなあ。ケースに入れたまま、手入れもせず、押し入れの奥に仕舞い込んだままだ。きっと弦も錆《さ》びついてしまっているに違いない。

「それって、使ってる？」

「いいや、もう何年も弾いてない」

「じゃあ、オレに貸してくんない？」

「お前、ギター弾くのか？」

「ううん、これから覚える」

「ははーん、ギター覚えて、女の子にでもモテようって魂胆か。色気づきやがって」

私がギターを手にしたのも中二だった。単純に女の子にモテたいという一心からだ。邪《よこしま》な動機だが、誰もがみな同じだった。実際、放課後の教室でギターをかき鳴らすやつはモテたのだ。

「そんなんじゃねえーし」

「どうだかな」

「だから、違うって。うちの部は、秋の文化祭じゃいつもの演奏とは違うことやるんだ」

「違うこと？」

「ロックバンドとか、ジャズバンドとか、そういうやつ」

「ふーん」

「でさ、自分の専門じゃない楽器を使うっていうのがルールでさ。できないやつはステージに立てないんだよ」

「そうなのか」

「去年は一年生ってこともあったけど、オレ、他の楽器できなかったから、先輩からお呼びがかからなくてさ。それってちょっと悔しいじゃん」

「だから、ちゃんとピアノを続ければよかったものを」

息子は幼稚園に入った頃、亜由子の勧めでピアノ教室に通っていたのだが……。

「鍵盤《けんばん》系は向かない」

「嘘をつけ。先生にちょっと厳しく言われただけでベソかいて帰ってきたくせにな」

「そんなことねえよ」

「あったさ。ま、だけど、そんなところは……」

そう言いかけて、その後に続く言葉を呑《の》み込んだ。

義父に厭味《いやみ》を言われてはへこみ、亜由子と衝突した挙げ句、離婚までしてしまった。

堪《こら》え性がないのは私譲りなのかもしれない……。

「何？」

「いや、なんでもない」

「で、ギター弾けるようになって出させてもらおうと思ってさ」

「なるほどな。でも、今からやって間に合うのか？」

「大丈夫でしょ」

「また甘くみてるんじゃないのか。まあ、貸してやるのはいいけど……。でも、おじいちゃんや母さんが許さないだろう。特におじいちゃんは、そういうことに融通が利かなそうだし」

「たぶん、文句言うだろうね。そんなもの弾いてる暇があったら高校の受験勉強しろってさ」

「あれ、あの学校、上に高校があるんだろう？」

「おじいちゃんが、高校は受け直せって言い出した」

どうやら、今、息子が通っている学校はお気に召さなかったようだ。

「慶明以上の偏差値の高い高校を狙えって。そんなの無理でしょ」

息子はしょぼくれた。

義父が望むような有名校ではないが、裕太なりに頑張って合格した学校だ。何より息子自身が、今通っている学校を気に入っているようだし、それに大学に進学したければ、高校生になってからしゃかりきになっても遅くはない。

「塾だって、家庭教師だっていくらでもつけてやるって鼻息が荒くてさ」

経済的な余裕と時間のある老人ほど、出しゃばるので厄介だ。それにしても、そこまで見栄を張りたいものなのだろうか。考えようによっては可哀想な人に思えてくる。

「迷惑なんだよな」

「まあ、そうかもしれないが、それだけお前に期待してるっていうことだろう」

息子の肩を持って義父をこき下ろせば、多少すっきりするだろうと思いつつ、息子の手前、大人の対応になる。

「父さん、そんな話より、ギターは？」

「ああ、そうだったな。そこの押し入れの奥にあるんだけど……」

押し入れを開ければ、さっき適当に放り込んだ服の山に気づかれる。ちょっと躊躇《ちゅうちょ》したが仕方ない。

扉を開けると、案の定、上段から服の山が雪崩を起こした。「ちっ」と私は軽く舌打ちをした。

「父さん」

「あん？」

私は足下に落ちた服を掻《か》き集め、もう一度上段に押し込んだ。

「父さんは再婚とかしない訳？」

「な、なんだ、急に」

予想外の問いに、少しばかり口籠《くちご》もる。

「ま、そうだな、その、結婚なんざ、一度すればもういいだろう。面倒くさいしな。それにそういう相手もいないし」

「だよね、この様子じゃさ。ふっ」

息子は小さく鼻を鳴らした。

「生意気言うな」

そう笑いながら息子の頭を軽く撫《な》でようとしたが、息子はひょいと頭を振って私の手をかわした。

「さあてと、ケースは下の段のいちばん奥だったよな」

押し入れの手前に、積み重ねた段ボール箱。昔買ったLPレコードが入っている。亜由子からは、引っ越しのたびに「邪魔ね」と言われ続けた代物だが、青春の想い出のひとつだ、そう簡単に処分などできない。

「何これ？」

息子が物珍しそうに、その中から一枚を抜き取る。

「LPレコードだよ。それはイーグルスだ」

私はギターケースを取り出すことを止めて、息子からジャケットを横取りした。

「今じゃCDになっちまってジャケットのよさが失われちゃったけど、やっぱりLPのジャケットはいいな。見ろ、このパームツリーの向こうに写ったホテルの姿、味があるだろう」

新婚旅行は「絶対にヨーロッパ」だと言い張る亜由子を説き伏せてアメリカ西海岸に

決めた。ミーハーかもしれないが、目的はビバリーヒルズホテルの前で写真を撮ることだった。

「ホテル・カリフォルニア、いやー名曲だな。お前もきっと聴いたことがあるぞ」

「それは分かったから、ギターは？」

「あ、すまん」

レコードの詰まった重い段ボールを手前にどけて、その奥から黒いギターケースを取り出した。社会人になってから、ふと立ち寄った渋谷の楽器店で衝動買いをしてしまったヤマハのギター。

ケースは少しカビ臭く、ギター本体は大丈夫だろうかと気になった。恐る恐る鍵《かぎ》を開けてケースの上蓋《うわぶた》を上げた。どうやら本体自体は無事だったようだ。

「おっ」と言って手を伸ばす息子を「ちょっと待て」と制した。

「なんで？」

「お前、吹奏楽部なら分かるだろ。楽器ならチューニングが必要だろ」

「あ、そっか」

私はつや出しをする布でボディとネックを拭《ふ》いた。弦の錆《さび》が布についた。

そして、ギターを太腿《ふともも》の上に載せて抱えるとチューニングを始めた。音を合わせながら「裕太、ちょっと、指見せてみろ」と声を掛けた。

「ん、指？」

「いいから見せてみろ」

息子は私の言っている意味が分からず、首を一度捻《ひね》った後、左手を広げて差し出した。

「お、そうか。お前、父さんには似ず長い方だな」

息子の指は男の子にしては華奢《きゃしゃ》な感じがするほどしゅっとしていた。私の指はどちらかというと短くて節々がごつい。つまり息子は亜由子の指を引き継いだのだ。残念な気もするが、美しい指の方がいい。不意に、亜由子が笑うとき、口元に寄せる長い指を思い出した。

「指がどうしたんだよ?」

「ああ、ギター弾くなら適度に長い方がいいんだ。父さんは短くてコードを押さえるのに苦労した」

ネジを巻きながら古くなった弦が切れやしないかと心配したが、この分ならなんとか保《も》ちそうだ。適当にコードを押さえ、ジャランジャランと弦を右手の親指で弾いた。ついでに〝ホテル・カリフォルニア〟のイントロを弾いてみた。弦のキュッキュッと擦《こす》れる音が懐かしい。が、久しぶりに弦を押さえたので指先が痛い。

「お、スゲー」

息子が目を丸くする。

「そんなに驚くほど凄《すご》くはないけど、ま、ざっとこんなもんだな」

「あ、そう言えばさ。昔、父さんがアンパンマンのテーマソングを弾いてくれたことがあったね」

息子が小学校に上がる前だったか、アンパンマンのテーマソングを歌いながら弾いたことがあった。息子は喜んで、その場で手拍子を打ちながら一緒に歌った。二度とは戻れないしあわせな光景が頭を掠《かす》めた。思わず小さな溜息《ためいき》が出た。

「そんなこともあった。でも、お前、よく覚えてたな」

今では歌声はおろか家族の気配すらない暮らしだ。それでも息子が私との想い出を覚えていてくれたかと思うと救われる気になる。

「さてと、ちょいと弾いてみるか？」

「うん、弾く弾く」

息子はギターを受け取ると、私と同じように抱えた。

「じゃあな、Cだ。基本中の基本。いいか、人差し指はここ、中指は、そうそう、そこだ、で、薬指はここ」

息子はギターのネックを覗《のぞ》きながら指を弦の上に載せた。覗き込もうとすると背中が丸まり不格好になる。

「はい、ちょっと鳴らしてみろ」

そう言われて息子が弦の上で指を滑らす。まずまずの音が出た。

「おお、いいんじゃないの」

息子が嬉《うれ》しそうに笑顔をみせる。自転車乗りを教えたとき、うまく乗れた息子を褒めると今みせたような笑顔になった。

もう父親面して何かを教えてやれることもないかと諦《あきら》めかけていたが、思わぬことで息子に教えることが見つかった。それに、こういうことは亜由子や義父には教えてやれないことだ。しかも秘密を共有するのだと思うと、いささか気分がいい。

「Ｃは簡単だからな。けど、Ｆはちょっと難しいぞ。大体、ギターをやめちゃうやつはＦで躓《つまず》いたんだよな」

Ｆは人差し指の腹で、六本の弦を全部押さえなければならない。押さえ込む力が弱いと音がきれいに鳴らないのだ。

「Ｆの壁ってやつだ」

「問題ないっしょ」

「へー、そうか。じゃあ、やってみろ」

Ｆの押さえ方を教えている途中で、息子は「う、指がつる」と声を上げた。それでもなんとか格好を作り、弦を弾いたものの掠れた音になった。

「あれっ」

「ほーら。だから、なめちゃいけない。Ｆは基本コードのひとつだから、これが押さえられるようにならなきゃ話にならん。なんだって基本は大事」

基本がなってなけりゃ話にならない……か。

考えてみれば、私は家族というＦのコードが上手に押さえられなかったのかもしれない。もう少しだけ諦めずに、人差し指に力を込めていれば家族三人の間にきれいな音色が響いていたはずだ。

「世の中には、基本を疎《おろそ》かにして取り返しのつかない状態になることもあるんだ。そのことはよーく覚えておけよ」

「はあ？　うん、ああ、分かった」

「ホントに分かってんのか、あやしいもんだな、ははは」

靴のサイズのみならず、相撲をとってもかけっこの速さも、既に追い抜かれたに違いない。ギターの腕前も、背丈同様にすぐに追い抜かれるだろう。それは悔しくもあり、嬉しいことでもあるが……。

「なぁ、裕太」

「ん？」

「あそこに鯉のぼりが見えるだろう？」

私は窓の外に視線を向けた。

「ああ、見えるねえ」

「ああやって、家族一緒に泳ぎたかったが、父さんたちの都合で、お前にはすまないことをしたと思ってる。結果な、オレたちは別々の竿《さお》に吊《つ》るされることになっちまった。でも、どこにいようと、空はひとつだ。お前とオレが泳ぐ空は同じだ。そしてお前のことはいつでも気にかけてる。だめオヤジでも親は親だし。だから、何かあれば頼ってくれていいぞ。教えてやれることもあるだろうし。ま、それでも、いずれオレの助けなんか必要じゃなくなるときもくる。でもな、それでもな、今はまだ父さんの方が、ちょっとだけ高い場所にいる。あの真鯉みたいにさ。だってな……」

私はそこまで言って、深く息を吸い込んだ。

「ん、だって、何？」

「オレはギターのFなら押さえられる」

押し入れ少年

昨日《きのう》、一学期の中間試験の成績表が返ってきた。

入学式のあった晩、お父さんから一方的に言い渡されたノルマがある。

「いいか、今日から中学生になったんだから、勉強の方のネジを巻いていけよ。そこでだ、中間、期末で、主要五教科はクラスの平均点プラス十点をノルマとする。ペナルティーは、達成できなかった教科の数だけ、週単位でケータイとゲームを禁止する。それでどうだ？」

お父さんの「それでどうだ？」は僕の意見を求めているんじゃない。決定ということなのだ。

昨夜《ゆうべ》はお父さんの帰宅が遅かったので、僕と顔を合わせることがなかった。でも、今朝、お母さんから成績表を見せられているに違いない。

数学と英語は九十点を超えた。理科はノルマをクリア、でも国語と社会が、プラス十点に届いていない。僕自身はまずまずの結果だと思っているけど、お父さんはいいものより悪いものを見るタイプだ。しかもここのところ、お父さんはなぜだかずっと機嫌が悪い。

朝から説教かあ。これで丸一日、沈んだ気分になる。やべえなあ……。あーあ、二週間、ケータイとゲーム機は取り上げかよ。洗面所で、洗った顔を拭《ふ》きながらそう思った。

「おはよう……」

「陽平《ようへい》、なんだ、これは。最初からこれじゃあ、先が思い遣《や》られるな、まったく」

制服に着替えて朝食の席に着いた途端、お父さんは挨拶《あいさつ》を返すこともなく、テーブルの成績表を指で突いた。

「お前、ちゃんと勉強してんのか」

僕は体育会系のノリがあるお父さんを苦手にしている。お父さんは小学生の頃から地域のクラブでラグビーを始め、高校生のときは名門校で全国大会へ行き、花園《はなぞの》で活躍した。大学はラグビーの推薦枠で入学。昔、ボールを抱え、紫色のラガーシャツを着た写真を見せられたことがある。大学でも三年生まではそれなりの活躍をしたようだけど、腰を痛めて思うようなプレーができなくなったようだ。本当は、社会人になってもプレーを続けたかったのだけれど、怪我のこともあって、ラグビーを諦《あきら》めて、精密機械メーカーに就職し、現在は営業部長をしている。

「朝っぱらから文句は言いたくないが……」

言いたくなければ言わなければいいのに……と言い返したいところだけど、それは無理。そんなことを言えば、きっと平手が飛んでくる。僕はお母さんに似たせいか、背が低く、おまけに細っこいから、仮に腕力で歯向かったとしてもお父さんには敵《かな》わない。

僕は黙ってトーストに手を伸ばして、イチゴジャムを塗ろうとした。

「おい、人の話を聞いてるのか。お前、よく飯が食えるな」お父さんが声を荒らげた。

僕はびくんと背中を伸ばすと「う、うん、はい」と答え、慌ててトーストを皿に置いた。

「もう、朝から大声を出さなくても」

キッチンからハムエッグの載った皿を持って来たお母さんが助け舟を出してくれた。

「顔を合わしたときに言っとかなきゃ、いつ言うんだ。大体、お前が中途半端に甘いから、こいつに気合いが入らないんだ」

「ええ、私のせい？」

「半分くらいは責任があるだろうって言ってるんだ」

矛先がこのままお母さんに向かってくれればいいけど……と期待したものの、お母さんは「はいはい、そうですか」と半ば捨て台詞《ぜりふ》を吐くようにキッチンに消えてしまった。

「なんだ、その言い草はっ」お母さんのその態度に、お父さんはムッとした様子だ。

これじゃあ、火に油を注いだようなものだ。完全に助けてくれないのなら、お母さんも余計な口出しをしなければいいのに。

案の定、お父さんの小言がエスカレートする。

「ラグビーとまでは言わないが、何か運動部に入っててな、それで疲れてるっていうんなら情状酌量の余地もある」

お父さんは、本当は僕にラグビーをやらせたかったはずだ。でも、僕には適性がないと諦めたのだ。スポーツそのものが嫌いという訳じゃない。僕だって、その期待に応《こた》えられるものなら応えたかった。でも残念ながら、運動神経はそれほどある方じゃない。運動会の徒競走でも、三着や四着が定位置。

「なんで、オレに似なかったかなあ」お父さんが首を捻《ひね》る。

部活は最初、卓球部にでも入ろうと思ったけど、結局、パソコンクラブに入った。

「大体、パソコンなんか、わざわざクラブに入ってやることか。それとも、世間があっと驚くようなソフトでも作る自信があるのか」

「いや、その……」僕は首を振った。

親には話していないけど、僕の夢はゲームメーカーで働くことだ。僕なりに将来のことは考えている。

「何か人様より頭抜けた才能があればいいけどな。だけど、ないんじゃ仕方ないだろう、上の学校へは勉強して行くしか。それには努力が足りないんじゃないか」

そう言われればそうかもしれない。普段はつい、休憩とか気分転換とか言いながらPSPを手にしてしまうから。それでも、テスト前はゲームを我慢して、深夜まで机に向かっていたのだ。

「今、世の中が大変な時期だってことくらい分かるだろう。お父さんもあれやこれやと大変だ。それでも頑張ってる。いいか、この状況は、そう簡単には上向かない。残念ながら、お前が就職するような頃になっても良くならないだろう。つまり、就職できないかもしれないってことだ。そりゃあ、いい学校を出たからって必ずしも就職できるとは限らない。だけどな、少しでもアドバンテージを持ってなきゃ、余計、不利だろ。そこんところが分かってるか。このままじゃ、大学どころか、満足な高校にだって入れやしないぞ」

「はい……」僕は俯《うつむ》いたまま、消え入るような声で返事をした。

「だったら、少しはシャキッとしたらどうなんだ？」

と、そこへセーラー服姿のお姉ちゃんがダイニングに入って来た。

「もう、お父さんたら、二階まで聞こえてるよ。陽平、あんたも、何、朝から叱られてんのよ」

僕は〝煩《うる》せえ〟と心の中で言い返した。

「中間の結果がな」

お父さんはお姉ちゃんに向かって首を振ってみせた。

「ああ、そういうこと」お姉ちゃんは意地悪そうな笑みを浮かべた。

僕は、頼むから余計なことを言うなよ、と念じた。しかし、そんな願いが通じる訳もなく……。

「だって、陽平、勉強してないもんねえ」

お姉ちゃんは椅子に座ると、トーストを齧《かじ》りながらそう言った。お姉ちゃんは、今年の春、渋谷にある私立の女子高に合格したものだから、大きな顔ができる。

「そんなことねえし、ちゃんとやってるし」

ついムカついて、そう言い返した後、お父さんの顔を上目遣いに見た。お父さんが何か言い掛けたとき、お姉ちゃんが言葉を続けた。

「部屋に籠《こも》って何やってんだか。お父さん、陽平に個室を与えたのは逆効果だったかもよ。大体、勉強ならダイニングでもやれるし」

おいおい、何言い出すんだよ。やめてくれよ。

「そうかもしれない。美鈴《みすず》はそうしてるものな」

お姉ちゃんはダイニングテーブルの上に、これみよがしに参考書を広げたりして勉強をやっているので、両親の目に付きやすい。一方、僕はといえば、口出しされるのが嫌で、もっぱら勉強は自室に籠ることにしている。もっとも、勉強するときだけじゃないけど……。

「美鈴は偉いよなあ、それでちゃんと第一志望校に入ったんだから」

「で、しょう」

お父さんに褒めてもらって、お姉ちゃんが勝ち誇ったように僕を見た。

大体、お姉ちゃんは昔っから要領がいい。普段、お父さんがいないところでは、お父さんのことをボロカスに言っているくせに、点数の稼ぎ方を知っているのだ。

「ね、お父さん、私、頑張ったでしょう？　で、マルキューで欲しいものがあるんだけど」

お姉ちゃんが調子に乗って、ちゃっかり洋服を強請《ねだ》る。

「美鈴は交渉上手だな。ま、仕方ない、お母さんと話をしろ」

「やったあ」

お姉ちゃんが僕をダシに洋服を買ってもらえるのは悔しいけど、今日のところはそれで少しだけ矛先がズレてくれて助かった。

「もう、あなたたち時間よ。あなたも会社遅れるわよ。ほら、美鈴も陽平も」

お母さんの追い立てる言葉に、みんなが席を立った。なんとか暴風雨になる前に、やり過ごしたような気分になる。

お父さんは紺色のスーツの上着をつかんで「とにかく、もう少し頑張れ」と、僕に念を押した。

「あ、はい……」

そう答えたものの、実は、頑張れって言われることがいちばん嫌いだ。僕なりにもう精一杯やってるつもりだ。ただ誰もそれを認めてくれない。僕だって勉強以外に色々と問題を抱えているっていうのに……。

お父さんとお姉ちゃんが玄関に向かうのを見届けてから「あ、忘れ物」と言うと、僕は一旦《いったん》、自室に戻った。

急ぎ、押し入れの襖《ふすま》を開けると、下段にある空間に入り込んで大きく息を吐いた。ほんの一、二分でいい。説教されて嫌な気分をリセットしたい。これは僕にとって、手軽な現実逃避なのだ。

理由は自分でも分からないけど、ここがいちばん落ち着く。特に嫌なことがあった日はかなり癒《いや》される。

この家はおじいちゃんが建てたもので、最近まで、おじいちゃん、おばあちゃんと同居していた。ところが去年の秋、ふたりは千葉の内房《うちぼう》にある介護施設が併設されたマンションに引っ越した。でも、ふたりとも介護が必要な訳じゃない。

「動ける内にあれこれ自由に楽しみたいんだよ」

釣りが趣味のおじいちゃんと、草花を育てるのが好きなおばあちゃんは、願いが叶《かな》って満足している様子だ。

そして、ふたりが使っていた一階の和室が僕のものになった。小さな庭に面した南向きの部屋だ。それまで僕は両親と一緒の部屋で寝ていて、随分前から自分の部屋を与えられていたお姉ちゃんと差別されている気がしていたが、ようやく解消された。

おじいちゃんたちが居なくなってしまったのは淋《さび》しい気もしたけど、自分の部屋が持てたことは嬉《うれ》しかった。

六畳の畳の上に水色のカーペットを敷き、同系色のカーテンをつけてもらった。ベッドは新品を買ってもらったけど、机は従兄弟《いとこ》から譲ってもらった。机はお古でも充分。とにかく、やっと僕の城が持てた。しかも、押し入れという〝基地〟までも手に入れたのだ。

上段には、昔、遊んで捨てられず仕舞いのおもちゃが、透明な衣装ケースに入れられている。特に、プラレールシリーズの電車たちは、今でもときどき取り出して懐かしむことはある。その姿を見たお姉ちゃんは、僕のことを〝オタク小僧〟と呼ぶようになった。

そもそも押し入れに入ったキッカケは、幼稚園の頃、おばあちゃんとかくれんぼをしたとき、この中に隠れたことだった。なぜか暗闇の中でワクワクしたのだ。

それからは、おじいちゃんたちが留守をしていると、こっそり部屋に忍び込んでは押し入れの中に入るようになった。

自分の部屋になってからは、ゲーム機を持ち込んだり、懐中電灯で照らしながらコミックスを読んだりするのが楽しくて仕方なかった。

勿論《もちろん》、家族には内緒にしている。だから押し入れにいるとき、お姉ちゃんが僕のコミックスを目当てに、ノックもしないで勝手に入って来ると焦る。バレないように、足音が廊下に出るまで、じっとしたまま息を潜めなければならない。

「勝手に入るなよ」

後で文句を言っても、お姉ちゃんは一向に改める気配がないので頭にくる。

最初の頃、押し入れの中はカビ臭く埃《ほこり》が舞っていたので、喉《のど》が痛くなった。春先、くしゃみと鼻水を出していたら、お母さんが「あら、嫌だ、陽ちゃん、花粉症になったの」と勘違いをして、小型の空気清浄機を買ってくれた。以後、僕は、それを持ち込んで快適な空間に変えた。

だけど、これからの暑い季節、襖を閉め切ってしまうとエアコンの冷気が届かなくなって少し大変かもしれない。

僕は目を凝らしながら、狭く薄暗い押し入れの中を見渡した。楽しいはずの基地が、最近は避難場所になることが多くなってしまったな。思わず大きな溜息《ためいき》が漏れた。

「陽平、何やってんの、遅刻するわよ」

廊下からお母さんの声が聞こえた。

僕は急ぎ這《は》い出して、鞄《かばん》を肩に引っ掛けると、部屋を飛び出した。


僕が通う中学校は、区内でも評判の進学校だ。三十年くらい前は、窓ガラスが割られ、トイレの便器も壊されるような、かなり荒れた学校だったらしい。でも、屈強な先生たちを揃えた結果、次第に学校は落ち着いたようだ。つまり、生徒は武力によって鎮圧されたのだ。

下駄箱《げたばこ》で上履きに履き替えていると「よおよお、陽平くん」と、トオルが声を掛けてきた。僕は愛想笑いを浮かべながら、内心、げんなりした。

「後でミッション出すからねえ。今度は初の校外ミッションだぜ」

ミッションとは、あれやれこれやれ、という命令のことだ。トオルはリアルゲームと呼んでいる。

ミッションはクリアするまで続けなければならないルール。もっとも、そんなルールを認めたことなどないんだけど、トオルには逆らえない。

トオルとは小学校の二年生までは対等な関係で、むしろ仲のいい友だちだった。ところがある日、トオルのウチで格闘物のテレビゲームで対戦していたとき、急におなかがギュルギュルと鳴って痛くなった。ゲームの途中だったので、決着が付くまで我慢しようとした。でも、我慢しきれなくなって「タ、タイム。ちょっとトイレ貸して」と、トイレに走った。しかし、トイレの前で堪《こら》えきれずに漏らしてしまった。トオルにそれをばっちりと目撃されてしまったのだ。

僕の秘密を握ったトオルは、それ以降、何かにつけて僕に命令するようになった。最初は、掃除当番を代われ、とか、宿題を見せろよ、といった程度のことだったけど、買ってもらったばかりのゲームソフトをよこせ、といったふうにエスカレートしていった。

こいつは、本当の友だちじゃなかったんだと思うと、悔しくて情けなくて泣けた。

ところが三年生の二学期、トオルは父親が静岡に転勤になったのを機に転校した。夏休み明けの教室にトオルの姿はなく、背負っていたランドセルが急に軽く思えた。

しかし、だ。中学になってトオルは東京に戻って来た。同じ中学、しかも同じクラスで顔を合わせたとき、嫌な予感がした。

「なあ、陽平、今もまだウンコ漏らすことがあるのか」トオルは小声でそう耳打ちした。

あの頃のように、僕に言うことを聞かせようとしているのは見え見えだった。

小さかったときの話だ、それがどうしたと開き直ることもできた。トオルは、僕より背丈はあるけど、身体の細さは似通っている。力に物を言わせるヤンキータイプではないし、仮に取っ組み合いになったとしても、勝てる可能性も充分ある。だから、無視することもできたかもしれない。でも「こいつはウンコ漏らしたことがある」などと、クラスで言い触らされたら……。僕のような小心者キャラは間違いなく、クラスでいじめの対象になる。いや、いじめられなくても、確実にあだ名は〝ウンコ〟に関係するものになる。それは許しがたく、屈辱的だ。

結局、トオルの思惑通りにリアルゲームは始まり、僕はミッションを遂行するコマンドにされてしまった。

ステージ1は、学年主任の遠藤《えんどう》先生の外履きを隠せ、だった。ステージ2は、女子クラスメイトの西岡《にしおか》さんの教科書にハートマークを書け。それから、それから……。ミッションの難易度は微妙に上がっていく。その度に僕は冷や汗もので クリアしてきた。そんな僕を、トオルは物陰から見て楽しんでいる。

そして、朝の予告通り次のミッションが届いた。給食を食べ終えたとき、トオルがメモ書きを僕の机の上に置いて行った。

——帰り・コンビニ・焼きそばパン・ゲットせよ——

コンビニ……。校外ミッションって、そういうことか。僕は大きな溜息をついて項垂《うなだ》れた。

午後の授業が終わると、トオルは親指を立てて〝出ようぜ〟と合図をした。部活に行きたかったけど、昼休み中に「家の用事があるので今日は欠席させてください」と先輩に嘘をついた。

下校途中にあるコンビニに立ち寄り、僕は焼きそばパンを買うと、道路の向かい側で監視していたトオルに渡した。

「お前、ばかじゃないの」

「ん？」

「金払ったらフツーじゃん。ミッションっていうのはさ、障害があるからクリアすることに意味があんのに、ばかか」

つまり、パクれってことだ。そんなことは百も承知だった。でも、もしかしたら、それで許されるかもしれないと期待したのだ。

「えへへ、そ、そうだよね」

なぜだか、自虐的に笑ってしまった。

「ミッションクリアならず、リプレイ。ぐずぐずしてると次のステージに行けないよーん、ね、陽平くん」

次のステージなんか進みたくない。どうせ、もっと酷《ひど》いミッションを考えているんだから。

僕は重い足取りで道路を横切ると、再びコンビニに戻った。普段は気にならないようなチャイムの音にビビって足が竦《すく》んだ。思わず振り返るとトオルがにやっと笑った。そして顎《あご》をしゃくると〝さあ〟と命じた。

胸の奥が爆発している。心臓が口から飛び出す気分というのはこういうことなんだ。僕は舌で唇を舐《な》めようとしたけど、唾《つば》も出ないくらい喉が渇いていたので舌が唇にくっついた。

天井の隅に設置されたミラー、次いで防犯カメラに目をやった。店員はレジで支払い客の対応をしている。

見つかったらどうなる？　学校やウチに連絡がいくよな。いや最悪、お巡りさんを呼ばれるかも。ああ、だけどやらなきゃ……。頭の中をいろんな思いが駆け巡って、自分でも訳が分からなくなった。

くっそー。

自棄《やけ》気味になって、僕はパンの棚に手を伸ばした。

と、その瞬間、手首を捕《つか》まれた。

えっ。

その伸びた手を目で辿《たど》ると、グレーの作業服を着た中年の男の人が立っていた。浅黒い顔で、口の周りには無精髭《ひげ》。ギョロッとした目が僕を真っすぐに見つめている。その人は小さく頭を振ると、握った手に更に力をぐいっと込めた。

「あわわわわっ」

　僕は驚いて言葉にならない声を発すると、その手を振り払い、一目散に棚の間を駆け抜けてコンビニの表に出た。もうトオルのことなど考える余裕はなかった。

　そこからは全速力で走った。どの道をどう通ったのかも覚えていない。とにかく走って走って、家まで走り続けた。

　玄関に飛び込むと、スニーカーを脱ぎ散らかして部屋に入り、そのまま襖《ふすま》を開けて押し入れの中に入った。

　息が切れ、全身から汗が噴き出した。小刻みに震える膝《ひざ》を暗闇の中で抱えたけど、なかなか治まらなかった。

「な、なんなんだ、あのおっさんは……」

　そう口にすると、震えで奥歯がガチガチと鳴った。


「陽平、塾の時間よ」

　居間の方から聞こえるお母さんの声で我に返った。押し入れに入ってからどれくらい経ったのだろう。

　塾かあ。今日は仮病を使って休んじゃおうかな。いや、そんなことをすれば、お父さんにまた叱られる。

「うん、分かってる」襖を少し開けると、その隙間から大声で返事をした。

気持ちの整理がつかないまま、自転車に跨《また》がって塾に向かった。

あの人は一体誰なんだ、どうして僕の手をつかんだんだ？　あ、トオルのやつどう思っただろう？　トオルは別の進学塾に通っているので、今日は顔を合わせることもなさそうだけど、明日《あした》きっと厭味《いやみ》を言われるんだろうな。

授業を受けていても上の空で、先生の声などひとつも耳に届かなかった。数学の問題を当てられてもまったく答えられず「ぼんやりするな」と叱られてしまった。

塾が終わって家に帰ろうと自転車を漕《こ》ぎ出してすぐ、少し遠回りになるけど、あのコンビニの前を通ってみようと、ふと思った。

外灯の並ぶ先にコンビニの明かりが見えた。犯人は現場に戻る……刑事ドラマでそんなことを言ってたなあ。いやいや、何も盗んでないし。頭を振って否定した。

ペダルをゆっくりと漕ぎながら店先の様子を窺《うかが》った。そのまま店の前を通過して、少し離れた公園の植え込みの傍でブレーキをかけた。

特に騒ぎになった様子はない。ほっとしながら、自転車を反転させようとしたときだった。

「よお、そこのあんちゃん」

公園の茂みの中から人影が現れた。

「あっ」

すぐにそれが誰だか分かった。コンビニで僕の手首をつかんだ人だ。

泡を食って漕ぎ出そうとした僕はペダルを踏み損ねてバランスを失った。

「おい、待ちなよ」

そう言われて、なぜだか足が動かなくなった。ハンドルを握ったまま立ち尽くした。

「何も取って食ったりしやしないよ」

そのおじさんは、僕を安心させるためなのか、目尻《めじり》を下げるようににこやかに笑った。

よく見ると、すっかりくたびれたスポーツバッグと片方取っ手のとれた紙袋を両手にぶら提げている。もしかして、この人、ホームレス？　それにしてはマシな格好をしてるよな。

「な、何か用ですか？」

「用って訳じゃねえけどさ……。ちょっと気に掛かったもんだから。ま、余計なお世話かもしれねえが……」

おじさんは、そう前置きをして「あんちゃん、あのパン、盗む気だったろ」と、いきなり核心を突いてきた。

咄嗟《とっさ》に「ち、違います」と言い返した。

「どうだかな」

おじさんは、今度はどこか楽しむような笑い方をした。

「だから、違うって」

「まあまあ。でもな、分かるんだよ、そういうの」

「はあ？」

「オレも、あんちゃんとおんなじさ」

「えっ」

「昔、盗んだことがある。だから、そういう雰囲気って感じるんだよ。それにしても、あんちゃん、ビビりまくってたなあ。あれじゃ、とっ捕まる」

「僕は……」と、頭を振った。

「ま、いいって、オレになんの害がある訳じゃないしよ」

「だから、僕は……」

「だけどな、捕まったらただじゃ済まないよ。親とか学校とか、下手すりゃ警察に通報される。そうしたら、厄介なことになるくらい想像できねえか」

おじさんは視線を僕の爪先《つまさき》からゆっくり上げて顔を見た。

「どうやら、金に困ってるようなうちの子じゃなさそうだし。ちょっとした悪さのつもりだったか」

僕は黙っていた。

「悪さするつもりだったら、もっと腹括《くく》ってやらねえとな」

「やりたくてやろうとした訳じゃなくて、つまり、その……」

おじさんは考え込むように一瞬黙った。

「だとすると、ははーん、誰かにそそのかされたな」

「そんなんじゃ……ないけど、ただ、ただ……」

「ん、ただ？」

「僕はただ、その、ミッション……だから……」

「ん、なんだって？」

「なんでもない……です」

　つい口を滑らせてしまって後悔する。

「そこまで言ったら最後まで言いなよ、こっちだって気になるじゃねえか」

　僕は溜息《ためいき》をつくと肩を落とした。観念した気持ちと誰かに愚痴りたい気持ちが入り交じった。それに、このおじさんに喋《しゃべ》っても害はなさそうだから……。

「じゃあ、話すけど……」

　と、僕は言って辺りを見渡した。

「あ、そうか。こんな道端でオレみたいなやつと話してちゃ迷惑がかかるな」

「そういう意味じゃ……」

「そこのベンチなら人目につきにくいだろ」

「う、うん、まあ」

　自転車を公園の入り口の鉄柱に立て掛けた。ふたりは身を潜めるようにベンチに並んで腰掛けた。

「実は……」

ウンコを漏らしたこと。それからトオルに脅かされて嫌な思いをしていること。パンを盗めというミッションだったこと。一旦《いったん》喋り始めると、自分でも驚くくらい堰《せき》を切ったように言葉が溢《あふ》れ出た。

おじさんは「へー」「そうか」と相槌《あいづち》を打ちながら僕の話を聞いていた。

僕が話し終えると、腕組みをしていたおじさんが言った。

「なるほどな。ふーん、そうかあ。つまり、いじめなんだな」

「いじめって……いや、ほんのゲームだし」

「そんなところで強がるなよ。どうせ強がるんだったら、そのヤローにガツンと言い返してやればいい」

その通りだ。でも……。

「それができれば苦労はないって」

「ま、そういうことのようだな」

ふたりが黙ると、救急車のサイレンの音が遠くで聞こえ、やがて消えた。

と、背後から足音が聞こえた。何気なく振り向いて思わず息を呑《の》んだ。視線の先にトオルが立っていたのだ。

「やっぱり、陽平の自転車だったか。見覚えがあったから、もしかしたらと思ったんだよ」

トオルはそう言いながら、今度は隣にいるおじさんに目を向けた。

「で、何、この人、新しいお友だち？　ふーん、変わった友だちがいるんだ」

明らかにおじさんを見下した言い方だ。でも、おじさんは何も言い返すことなく鼻の頭を掻《か》いた。

「こういう薄汚い人にこの辺りをウロチョロされちゃうと物騒だよね。あ、そうだ、いいミッションを思いついた。陽平くん、ゴミは片付けよう。これは街をきれいにする立派なミッションだよ」

「ん？」

「分かんないかな、その君の隣に落ちてるでっかいゴミ。ゴミはゴミ箱の中に入れようよ」

トオルが考えそうなことだ。僕は首を振った。

「え、嫌なの？　それは困りましたねえ。コンビニでも失敗したし、このままクリアできないと、明日、みんなに喋っちゃおうかあ、例のこと……」

トオルがそう言い終えるより早く、おじさんが立ち上がったかと思うと「うぐっ」というトオルの呻《うめ》き声がした。トオルのシャツの胸元をおじさんの手が締めつけている。

「このガキ、調子にのってんじゃねえぞ」おじさんは低いドスの利いた声で凄《すご》んだ。

「ご、ごめんなさい」

薄明かりの中でも、トオルの顔が青ざめるのが分かった。

おじさんが突き放すと、トオルは地面に座り込んでしまった。最初は驚いたけど、その姿を見て、正直、ざまあみろ、という気持ちだった。

おじさんはしゃがみ込んでトオルと目を合わすと、更に低い声で凄んだ。

「いいか、今後、このあんちゃんに余計なちょっかい、なんだ、そのミッションってやつか、そんなもんは出すんじゃねえぞ。それから脅かしだってするなよ。もし、今度そんなことをしてみろ、てめえのウチまで押し掛けるぞ。オレはな、失う物は何もねえんだ。意味、分かるな」

次の朝、登校してトオルを見るまでは不安だった。仕返しに、僕の秘密をバラされやしないかと。でも取り越し苦労だった。

トオルは僕に近づくことはおろか、目を合わせることもしなかった。相当、応《こた》えたのかも。ちょっと憐《あわ》れな感じがする。これでなんとなく、トオルとの関係にピリオドを打てそうな気がした。

あ、そうだ。一応、おじさんに報告をした方がいいんじゃないか。あの公園にいるだろうか。いなければそれまでだけど、とりあえず帰りに寄ってみよう。

部活を終えると、僕は急ぎ公園へ向かった。

植え込み越しに、歩道から覗《のぞ》き込むと、昨夜《ゆうべ》座ったベンチに背中が見えた。

走って前に回り込むと「よお、あんちゃん」と、おじさんは昨日《きのう》より更に伸びた髭《ひげ》を触った。

早速、トオルの様子を報告した。

「そうか、しょぼくれてたか。いや、つい出過ぎた真似をしちまって、あんちゃんに迷惑が掛かっちゃったんじゃねえかって心配してたんだ」

「ううん、迷惑だなんて。……助かったよ」

「そっか、あんちゃんがそう思ってくれるならいいけどな。ま、なーに、ああいうタイプはガツンとやられると、後はシュンとしておとなしくなっちまうもんさ」

「だといいけど……。でも、もし、また何か言ってきたら無視するし。あのことだってバラしたければバラせばいい。もうどうでもいいよ」

「ほー、あんちゃん、少し強くなったな」

そう言われて、照れ臭くなり、僕は鼻の頭を人差し指で掻いた。

「とにかく、おじさんのお陰だよ。ありがとう」僕は頭を下げて礼を言った。

「いいって、成り行きでそうなっただけのことさ。ま、これも何かの縁ってもんだ」

まだ陽が残っていて辺りは明るい。誰かに見られたら妙に思うかもしれない。でも僕は気にせず、おじさんの隣に腰掛けた。

「ねえ、おじさんはずっとここにいるの？」

「いいや、この街には一昨日《おととい》来たんだ。缶集めの下見ってところだな」

「缶集め？」

「コーヒーとかコーラとか、そういう空き缶を集めて売るんだよ。大した金にはならねえが、まあ、飯くらいなら食えるから。缶集めにも縄張りがあって、新参者っていうか、まあ、ホームレスまがいの身だと、先住の連中に気を遣わなくちゃならない」

「ん、ホームレスまがい？」

「オレな、日雇いの仕事があるときは、そっちをやってんだ。手配師に指差されれば工事現場で働く。で、金ができれば簡易の宿に泊まるし、飯も食える」

完全なホームレスじゃないんだ……。

「日雇いの仕事に何日もあぶれると、金もなくなるし、ま、野宿も仕方ねえよな。で、昨夜はあそこで寝た」と、滑り台下の土管を指差した。

「え、あそこで？」

「ああ。この季節ならどうってことはねえよ、雨露さえ凌《しの》げれば。あ、それでな。缶集めするなら、自販機の横に置いてある缶入れからごっそり戴《いただ》くのが手っ取り早いって思いついてよ。地図を作って印をつけておく。そうすれば困らねえだろ。こういう住宅街には、あんまりホームレスは来ないし、深夜から明け方までは人通りも少ないしょ。おまけにゴミの分別意識がしっかりしてるから、そういうのも頂戴《ちょうだい》できるって寸法さ。ただよ、こういう場所を汚ねえ格好でウロウロできねえだろ。だから着るもんには気を遣う。ま、それにオレにもちょっとくらい見栄ってもんが残ってるんでな」

　おじさんは自分の作業服に目を向けた。

「ねえ、おじさんはひとり？」

「あん？」

「つまり、その、家族とかは？」

「家族なあ……。オレはひとりもんさ。結婚しそびれたっていうか、そういう相手も現れなかったっていうかな。まともに所帯でも持ってれば、あんちゃんくらいの息子がいてもおかしくなかったんだろうな」

　と、いうことは、おじさんはお父さんとそう変わらない歳ということか。

「でも、親兄弟はいるよ。いや、今となっちゃ、いたよって話だけど……。ウチは蒲田《かまた》で金属加工の工場やってたんだ。オレは、どうも家族との折り合いが悪くてな。今にして思えば、こっちが一方的に捻《ひね》くれてたんだけど。中学の頃からグレ始めて、さんざ、ケンカや悪さをしてよ。工業高校に入ったもんの、面白くなくって二年で中退。家族の中じゃ鼻つまみもんだし、居づらくなって、結局、飛び出しちまった。それが根なし草人生の始まりさ。もう三十年くらい前のことだ」

　ふーっと息を吐き出した後、おじさんは手のひらを見つめた。皺《しわ》がいっぱいある手のひらだった。

「父親は随分昔に亡くなって、工場は兄貴夫婦が継いだ。一度、金の無心に行ったことがあったけど、敷居を跨《また》ぐこともなく兄貴に追い返された。父親の葬式にも顔を出さなかったんだから、当然だな。工場も仕事量は減るわ、資金繰りもうまくいかないわで、大分苦しいようだったな。おまけに母親は認知症が進んで世話も大変らしい。あれから何年も会ってないけど、どうなったのかねえ、おふくろ。もっとも、会ってもオレのことが分かるかどうか。ま、分からなくてしあわせだけどな、こんな息子じゃよ」

どこか強がってみせているけど、多分、母親のことを気に掛けているのだ。

「会いに行ってみれば？」

「おふくろにか？　うん、ああ、まあな……。だけど、人との距離っていうのはよ、実際の遠い近いっていうのとは違うんだ。百キロ離れてても近く感じる場合もあれば、十メートル先にいたとしても一生近づけないようなこともある」

僕たちの前を、白い子犬を連れたお婆さんがゆっくりと通り過ぎる。おじさんはその姿をぼんやりと目で追った。

「ま、独り身だから自由っちゃ自由でいいけどな」

「うん、自由っていいよね」

「でもよ、だからと言って、オレみたいにはなりたくないだろ？」

一瞬、言葉に詰まってしまった。

「あんちゃんはやさしいなあ。でもやっぱり、なりたくないだろ？」

「まあ……ね」

「そりゃあ、フツーそう思うよな。ま、あんちゃんは、自由はいいもんだって思うかもしれねえけど、それも程度問題だぞ。あんまり自由過ぎても、持て余すだけだ」

「えっ、そうなの？」

「ああ。堅っ苦しくても、ルールだとかなんだとか、適当に縛られてる方が楽なんだ。つくづく人間ってのはワガママなもんだよ。それによ、たまに面倒なことから解放されたとき、ホントの自由のありがたみが分かるってもんなんだ。ま、親や学校っていうのも同じようなもんかな。あれば厄介だけど、なくなりゃ淋《さび》しいし」

「うーん、でもなあ、あんまり親に干渉されてもキツいけどね」

僕は口元をへの字に曲げた。

「その口振りじゃ、あんちゃんちの親は厳しそうだな」

「まあね。いや、かなり……。テストにノルマがあって、クリアできないとペナルティーくらっちゃうんだよね。朝っぱらから説教だし……」

そういうお父さんが苦手だとか、ついでに、要領のいいお姉ちゃんにムカツくとか、お母さんは頼りにならないとか、僕は一気に愚痴った。

「なるほど、そりゃあ、あんちゃんも大変だあ、ははは」

「笑い事じゃないって」

「ああ、悪かった。でもな、あんちゃんの親父さんが言うことが正しいんだよ」

「なんで？」僕は不満そうに聞き返した。

「そりゃあ、全部が全部、正しいって訳じゃないさ。だけど、学歴もなけりゃ、なんの資格もない、おまけに怠けてばかりのヤツにバラ色の人生を用意してくれるほど、神様も仏様も甘くねえってことさ。一度でも道を踏み外すと、どんだけ頑張ってもなかなか浮かび上がれやしねえ。それが世の中の仕組みってもんだな。オレを見れば分かるだろ」

おじさんは小さく鼻を鳴らして自嘲《じちょう》するように笑って目を伏せた。

「ま、オレみたいなやつが偉そうなことを言えた義理じゃねえけど、やっぱり、オレみたいになっちゃつまんねえぞ。あれこれ小言を言われて鬱陶《うっとう》しいだろうけど、今やんなきゃならねえこともあるしょ」

「うーん、だけどさあ……」

「納得いかねえか？　まだ、あんちゃんくらいの歳じゃ無理かな。でも、気をつけろよ、分かったときには手遅れってこともあるからな」

と、公園のポールに設置されたスピーカーから、〝夕焼け小焼け〟のメロディが流れ出した。

「お、そろそろ時間切れだ。あんちゃんはウチに帰った方がいい」

「もう少しなら大丈夫。今日は塾もないし」

僕はおじさんと離れることが名残惜しく思えたのだ。

「相手をしてもらえるのは嬉《うれ》しいけど」

呟《つぶや》くようにそう言うと、おじさんは「どっこいしょ」と腰を上げた。

「これでもう、あんちゃんに会うこともねえかもしれないな。もし、また会うことがあれば、続きは、そんとき、な」

そう促されて、仕方なく僕もベンチから立ち上がった。

「あんちゃんも色々あるだろうけど、なーに、窮屈な世の中だって、考えようによっちゃ、結構、自由にやれるってもんさ。つまり気持ちの持ちようだ。だから、な、ま、頑張れや」と、おじさんは目を細めて微笑んだ。

それはなんとも力の抜けた〝頑張れ〟で、だけど、今までに言われた、どの〝頑張れ〟より、胸の奥に温かく沁《し》みてくる感じがした。

「うん、頑張ってみるよ。そしてさ……」

そうだ、これからはお父さんに小言を言われたって、いちいちビクビクしないぞ。いいや、どうせならノルマなんかちょちょいとクリアして、お父さんの鼻を明かしてやる。もう嫌なことがあっても押し入れの中に逃げ込むのはやめよう。押し入れは楽しむ場所なんだから……。

「ん、どうした?」

「ちょっとした決意表明をね、この中で」と、僕は左胸を軽く叩《たた》きながら、声を出して笑った。

「でも、今は内緒」

内緒にしておけば、いつかまた、おじさんに会えそうな気がしたからだ。

「そうか。なんだかよく分からねえけど、笑えるようなことならいいや」おじさんも一緒になって笑った。

すると、背の高い欅《けやき》の枝から、鳴き声を轟《とどろ》かせて一羽のカラスが飛び立った。

「はいはい、カラスと一緒に帰りましょ……って。さあて、どこへ行くかね」

歩き出したおじさんの肩越しに、真っ赤な夕空が見えた。それはやけに大きくて、そして輝いていた。

ダンナの腹具合

この週末から、各デパートとも夏のセールが始まった。

「ちょっと気晴らしに出掛けたいなあ」

私はそう言って、夫の正輝《まさき》を誘って新宿に出た。

気晴らしとは言っても、妊娠七ヶ月に入った私は迫《せ》り出してきたおなかを気遣いながらのお出掛けだ。それにこの体型では、仮に欲しい服があったとしても、おいそれと買うことはできない。でも、そんな悔しさはあるけど、見て回るだけでもいい、と言い聞かせた。

地下道を通り抜けて、地下の食品売り場からエスカレータを使って婦人服フロアまで上がった。

日曜日ということもあるが、さすがにセールだ、既に人で溢《あふ》れていた。景気低迷が影響して財布《さいふ》の紐《ひも》は固いのだろうが、やはり赤札の誘惑には勝てないのか、紙袋を提げた買い物客が大勢いる。

私も見て回るだけでもいいと思っていたのに、結局この場に来てしまうと、衝動買いを抑えられそうもない。このまま長居をすると、ワンピースは無理にしても羽織る物ぐらいなら大丈夫か……などと理由をこしらえて、あれこれ手を伸ばしてしまいそうだ。

「ねえ、子ども服売り場に行こうか」

「え、もういいの？　へー、珍しいねえ」

手ぶらでは帰ったことのない私が思わぬことを口にしたので正輝は驚いた。

「いいの、さあ」

内心、少しばかり後ろ髪を引かれる気分で、六階の子ども服フロアへと移動した。婦人服フロアほどではないにしろ、こちらもお客で賑《にぎ》わっていた。今後、私もこの階に足を運ぶ回数が増えるのだろう。

「これ、可愛いわね」

「いや、女の子ならこっちだろう」

ベビー服コーナーの通路で、未《いま》だ見ぬ我が子が、小さく可愛らしい服を纏《まと》って微笑む姿を想像しながら立ち止まった。

「どっちかって分かってれば、買っちゃってもいいんだけど。男の子だったりしたらピンクを着せるのもねえ……」

私は手にしたタオル地のベビー服を広げて言った。

実はお互い、ひとり目は女の子がいいと思っている。女の子の方が何かと丈夫で、最初の子としては育てやすいらしい。

「だから、先生が教えてあげてもいいですよって言ってくれたんだから、聞けばよかったじゃないか」

私が通院する産院では、望めば性別を教えてくれるのだ。特に男の子は超音波検診でおちんちんの影が映る場合があるので、まず間違いなく分かるのだという。知りたい気持ちもあるけど、やはり出産する日のお楽しみにとっておきたい。それに三十半ばを過ぎてからの初産だ、本音を言えば、月並みだけど性別より健康な赤ちゃんであってくれればそれでいい。

「ここはぐっと我慢して、チェックだけにしておこうっと。生まれたらお父さんお母さんに強請《ねだ》るということでね」

「君はちゃっかりしてるなあ」

「あら、それを言うなら、しっかり者と言って欲しいわね。正輝が頼りない分、私がちゃんとしなくちゃ、この先、とても親子三人暮らしていけないわ。もっとも、どちらかと言うと、子どもがもうひとり増えるって感じだけど」

「また色々とお世話になります、仁美《ひとみ》先輩」

正輝はつきあう前の呼び名を使っておどけた。

私たちは中堅どころの広告代理店の営業局で同僚だった。正輝は私のふたつ後輩。中学、高校で言えば、三年生と一年生といった間柄だ。中高でソフトボール部、しかもそれなりの強豪チームにいた私としては先輩後輩という関係にはいささか煩《うるさ》い。二歳の年の差は女王様とメイドくらいの立場の違いがあり、そういう上下関係の中で鍛えられた身としては、先輩には敬意を払うものだと思っている。

なので、まだ新入社員だった正輝から「佐藤《さとう》さん」と呼ばれたとき、つい「佐藤先輩でしょ」と言い直し、正輝をビビらせた。結局、同じ姓の人が局内にもうひとりいたせいで〝仁美先輩〟という呼び分けに落ち着いた。しかし、それで困ったのは、つきあうようになってもしばらくの間「仁美先輩」と呼ばれたことで、恋人ムードを削《そ》がれる場面もあった。

「この子の将来がかかってるんだから、ホント頼むわよ、パパ」私は笑いながらおなかをそっと摩《さす》った。

と、正輝は心なしか真面目な顔つきで「そうだよな。ちゃんと考えなくちゃな」と目を伏せた。

子どもが生まれることを嬉《うれ》しく思う反面、父親になるプレッシャーがあるのかもしれない。こういう心許《こころもと》ないところはあるけれど、それでも正輝と結婚したことを悔やむ気はない。

「やーね、深刻ぶっちゃって。もう、大丈夫だって、仁美先輩がついてるからっ」

「お、おう……」正輝は気まずそうに頷《うなず》いた。

「さて、お昼ご飯どうする？」

「僕は君の食べたいものでいいよ」

気を遣っているといえば聞こえはいいが、正輝はつきあっていた頃から自分でデートの段取り、取り分け食事する場所は私任せなのだ。最初は「そういうのってオトコが決めるもんじゃないの」と文句を言ったものだけれど、いつしかすっかり慣らされて、私が決めることが当たり前になってしまった。

と、店内に〝シンギン・イン・ザ・レイン〟のメロディが流れ始めた。

「あ、雨、降り出したんだ。うーん、アテもなくうろつくのも嫌だしね。上の階のイタリアンにする？」

私は天井に人差し指を向けた。七階にレストランフロアがある。以前に何度か入ったことのある店が浮かんだ。

「いいねえ。でも、ランチにしちゃ、ちょっと贅沢《ぜいたく》って感じかな」

「ケチ臭いこと言わないの」

私はバッグの内ポケットから商品券を取り出した。

「じゃーん。あるんだなあ、これ」

「え、どうしたの、それ？」

「この間、お母さんから貰《もら》ったの。洋服は無理でも食事くらいなら足りるんじゃない」

私の実家は小田急《おだきゅう》線の経堂《きょうどう》にある。先週、ふらっと立ち寄ったとき「貰ったものだけど、何か好きなものでも買いなさい」と、母から渡されたのだ。

「お、さすが、お義母《かあ》さん。ラッキー」

「何、暢気《のんき》に感心してんの、そんなことだから……」と、言い掛けて私はその後に続く言葉を呑《の》み込んだ。

出された麦茶を飲みながら、ボーナスが減ったことを愚痴ると母は「そんなに業績が悪いの、会社。正輝さん、大丈夫？　正輝さんっていい人なんだけど、ちょっと頼りないっていうか、なんか押しの強さみたいなものが感じられないし、よもや、リストラなんてことはないでしょうね。赤ちゃんも生まれることだし、もう少し、しゃきっとしてもらわないと」と心配そうだった。母の言葉を正輝にそのまま伝えたらきっとへこむ。なんせ打たれ弱いし、すぐ考え込む。だけど、そういうところに母性本能がくすぐられて、つい惹《ひ》かれたということでもある。

「ううん、なんでもない。さて、じゃあ、行きましょう」

午後一時を過ぎていたが、目当てのレストランの前には案内待ちの列ができていた。前に五組くらい待っているだろうか。なかなかの人気店なのだ。私たちは並べられた木製の丸椅子に腰掛けた。

結局、三十分待たされてテーブルに通された。

渡されたメニューを開き「なんにする」と尋ねたが、やはり「君の好きなものでいいよ」と答えが返ってきた。

「もうっ、たまには自分で決めたら？」

「うん、じゃあ、そうだなあ……」と、正輝はじっと考え込む。

「やっぱり、いい。私が決めるわ」

ピザの焼ける匂いや香辛料の匂いに、食欲が刺激された私は、正輝からメニューを横取りした。

「えーと、やっぱり挽肉《ひきにく》のピザは外せないわね。それとカマンベールチーズの窯焼き。エスカルゴも食べたいし、それから、それから」と、私は料理名を次々に指差した。

「そんなに食べられる？」

「平気だって。あ、グラスワイン飲んじゃおうかな？」

「大丈夫かよ？」

「一杯だけだもの。たまにはこの子だって許してくれるわよ。ねえ」私はおなかに視線を落とした。

「じゃあ、僕は生ビール」

運ばれて来た料理を食べながら、気が早いが、子どもの将来について話した。最近の話題はどうしてもそういうものになりがちだ。

「まあ、だけどさあ、この先、学費だなんだといってお金が掛かるんだよなあ。会社の先輩連中がさ、頭が痛いってこぼしてたよ」

「習い事や塾にだって行かせたいし」

「子どもが生まれてくるのは嬉しいんだけど、なんかお金の話になるとブルー入るなあ……」と、またまた弱気な言葉がこぼれる。

「ほら、またそうやって悲観的になる。この子までシュンとしちゃうじゃない」

「だけどさあ……」

「なんとかなるって」

「ホント、君は太っ腹っていうか、肝が据わってるっていうかさ」

「そりゃあ、妊婦だもの、おなかは太いです」

「くだらねえ、ははは」

私の下手な冗談に正輝の顔がほころぶ。少しばかりほっとする。こうやって正輝の気分を盛り上げるのも私の役目だ。まったく世話が焼ける。

「こんな時代に、私たちは親になろうとしているのよ。少しくらい強くならないと、子どもひとり、育てることもできないわ。もう、そんな心配より、さあ、食べましょう」

そう言って、取り分けたチーズにフォークを突き立てた。


店を後にしてエレベータに乗り込み「少し食べ過ぎちゃったかしら？」と横に顔を振ると、正輝が「ん、きた」と顔を歪《ゆが》ませた。もう、それだけで何が起こったのか分かる。

「え、またなの？」周囲を気遣いながら、私は小声でそう確かめた。

「うん」正輝が下腹を押さえる。

「もう、調子に乗って冷たいビールなんか飲むからよ」

「別に調子に乗ってる訳じゃないだろ。ただ飲みたかっただけなんだから」

一階に着いたエレベータから吐き出されると、正輝は視線を店内に巡らせた。

「どこが近い？」案内板を見ているのだ。

「あっちじゃない？」私は階段の方向を指差した。

「だめだめ、本館は運がよくなきゃ個室に入れない。大体、数が少ないんだよ。僕みたいなベテランになると分かるんだ。だから別館に行く。あっちは穴場だから」

「なんのベテランなのよ、まったく。それくらい仕事の方に考えが回るといいんだけどね」

「じゃあ」と、その場を離れかけた正輝を呼び止め「薬、持ってる？」と尋ねた。

「あ、忘れた」

小学生並みの準備の悪さだ。外出時は必ず持った方がいいわよと、いつも口を酸っぱくして言っているのに……。

「なんで、いつもそうなの？」

「今ごちゃごちゃ言わなくてもさ」

呆《あき》れながらも余裕のない顔を見ているのは少し面白い。でも、これ以上グダグダと引き留めれば逆ギレしそうな雰囲気だったので、意地悪するのもこの辺でやめておこうと思った。

「私は靴売り場を適当にブラブラしてるからね」

「わ、分かった……」

化粧品売り場の通路を、人波を掻《か》き分けるように小走りにトイレへと向かう後ろ姿が滑稽《こっけい》だ。一度トイレに向かったら、そう簡単には戻って来ない。自宅でもひとたびトイレを占領するとなかなか出て来ない。私はひとり苦笑いすると靴売り場に移動した。

それにしてもオトコはよく下痢《げり》をする。なのに、冷たい物を飲みたがる。夏場だから仕方ないが、それにしても学習能力が足りない。

思えば、デートの最中に正輝はよく姿を消した。恋人という間柄のときは、こちらにも多少のデリカシーというか配慮というものがあって、おなかの弱さを指摘はしなかったし、向こうも「ピーピー」などとは口走らなかった。

なのに、この頃は下ネタよろしく「いやあ、すごいよ、殆《ほとん》ど水だな」などと、笑いながら要らぬ報告までするようになった。

「もうっ、やめてよね」

「だって教えたいじゃん、いかに葛藤《かっとう》を乗り越えて、それを克服したかって」

「葛藤？　大袈裟《おおげさ》ねえ」

「いやいや、壮大な物語ってやつだよ。たとえば、電車の中で、突然、ぐっと痛みがきたとする。そこから全力でどうすればいいか考える。次の駅で途中下車してトイレに行こうか。いやいや、あそこの駅のトイレは改札の外だ。階段も長いし、持たないかも。だったら、地元の駅まで踏ん張ってみよう、とか。でもやっぱり降りようと決心すると、ちょっと治まったりするんだ。それで、よしと思うと、またぶり返す。脂汗ダラダラだよ。だけどモジモジ身体を捩《ねじ》ったりしていたら、周りの人から変なヤツだと思われそうだし。いやあくまで冷静な振りをしなくちゃと踏ん張る。で、やっと駅に着く。ところが降り口でモタモタしてるヤツなんかいた日にゃ、殺意が生まれるよ。マンションのエレベータだってさ、そういうときに限って、最上階に止まってるんだから。ここまできてアウトっていうんじゃ悲しいだろ。お尻《しり》にきゅっと力入れながら、最後の我慢。でも、玄関前でほっとして気を抜いちゃだめなんだ。その一瞬の気の緩みが大惨事を招く」

「その話、前も聞いた」

「え、そうだったかなあ。でさ、トイレに飛び込んで、ベルトを外す。それが思うようにいかなくて地団駄踏む。その時間の長く切ないことと言ったら、そりゃあ、なんと言っていいやら。で、さっとズボン下ろして便座に無事着地できたときの安堵《あんど》感。セーフ、間に合った。スカート穿《は》いてる君には理解できないだろうねえ。どんだけしあわせな気分か。ま、便秘気味の君には分からないだろうなあ」

「大きなお世話だし、分からなくていいから」

小学生の男の子並みに嬉々《きき》として話すことがある。呆れるばかりだ。

そんなふうだから、正輝の〝トイレ騒動のエピソード〟には事欠かない。

あれはつきあって半年くらいの頃だった。麻布《あざぶ》のバーで飲んだ後、ほろ酔い状態の私たちはタクシーに乗り込み、正輝の部屋に向かった。私は正輝の肩に頭を傾け、こめかみの辺りを押し付けた。今夜はちょっと燃えちゃうかも……などと、いいムードに浸っていた。

車が甲州《こうしゅう》街道に差し掛かったときだった。正輝が急に前屈《まえかが》みになったかと思うと「うーっ」と呻《うめ》いた。薄暗い車内なのに、青白くなった表情が分かった。

「どうしたの？」

「ト、トイレ……行きたい……」

そして前方を見ながらブッブッと何か言い始めた。何事かと思い、エンジン音に紛れる声を聞き取ろうと聞き耳を立てる。

「停まるな、行け。いいか、停まったら殺す、停まったら殺すぞ」と、低い声で念仏でも唱えるように繰り返していた。その視線の先を見ると、信号機が黄色に変わっていた。可笑《おか》しいやら情けないやら、私はつい噴き出して笑ってしまった。

マンション前にタクシーが停まると「ちょちょっ、ドア早く開けて」と正輝は助手席のヘッドレストを叩《たた》いて運転手に催促した。ドアが開くと、私をほったらかし、勢いよく飛び出してエントランスへ駆け込んだ。酔いが醒《さ》めたばかりでなく、さあこれからという男女の雰囲気も消えてしまったのは言うまでもない。

結納のときも、正輝がトイレに閉じこもったせいで、両家は三十分も待たされたのだ。向こうの両親は苦笑いをしながら頭を下げたものだ。

正輝のおなかの弱さにまつわる出来事を思い出しながら、次々に目に付いたヒールの高いサンダルやパンプスに手を伸ばしては溜息《ためいき》。しばらくはこういうのは履けそうにもない。

パンプスかあ……。ふとベージュの靴を手にして思い出した。

三年半くらい前だった。急遽《きゅうきょ》、夏に行われる炭酸飲料の屋外イベント企画をまとめるようにと上から指示された。プレゼンまでの時間がない上に、大手ライバル社との出来レースであると噂されていたのだが、クライアントからコンペへの参加を問われればノーとは言えない。それこそ髪を振り乱し、ほぼ三日三晩徹夜状態で企画書を作成した。ところがその直後、部長から「あの企画な、ナシになった」と言い渡された。

「先方さんの予算の関係でイベント自体が中止なんだとさ」

「はぁあ？」

会社の性質上、そういう理不尽なことも仕事のうちだと分かっていても面白いはずがない。もういい。今夜は思い切り飲む、と決め込んだものの、見渡した部内に残っていたのは正輝だけだった。それまで同僚グループとして飲んだことはあっても、ふたりきりで飲む機会はなかった。ま、仕方ない、こいつで我慢するか。

「横井《よこい》くん、ちょっとつきあって」

私は有無を言わさず、居酒屋につきあわせたのだ。私はハイピッチで飲み、そして愚痴った。正輝は「それはないっすよね」と相槌《あいづち》を打ちながらつきあってくれたのだ。

翌朝、チャイムの鳴る音で目が覚めた。

「何？　誰よ？」

やっとの思いでベッドから抜け出し、インターフォンのモニターを見るとスーツ姿の正輝が映っていた。え、横井くん？　なんで私の部屋を知ってるの？　疑問は残ったけど、とりあえず応対する。

「どうしたの？」

「仁美先輩、これ忘れてましたよ」

何かが入れられたビニール袋だった。

「靴です。タクシーの中に片方だけ落ちてました」

靴って？　全然、覚えがない。

「え、あ、そう……。今、開けるね」と言い掛けて、スッピンでしかも裸同然の格好に気づく。

「ごめん、ドアの前に置いておいて」

「え？」

「こっちにも色々事情があるのよ。お礼は会社で言うから」

慌てて身支度を済ませ、遅刻ギリギリで出社し、真っ先に正輝に声を掛けた。

「横井くん、今朝はありがとうね。だけど、わざわざ寄り道してくれなくてもよかったのに」

「でも、ないと困るんじゃないかと思って……」

「いくら私だって、パンプスくらい他にも持ってるし」

「ああ……」

「だけど気持ちは嬉《うれ》しいわ。横井くんやさしいね」

「いや、どうも……」

「それにしても靴を届けてくれるなんて、なんかシンデレラのお話みたいだね」

「え、シンデレラっすか。それにしちゃあ、大虎でしたけどね。それにシンデレラって歳でも……。いやいや、その」と、つい口を滑らせてしまったと正輝は慌てて手を振った。

「悪かったわねえ。ま、今回は許す、ははは。ま、お礼に何か奢《おご》るわ」

一瞬、正輝の顔が強張《こわば》った。

「分かってるって、あんまり飲まないから」

そんなコメディーのようなおとぎ話のような一件がきっかけとなり、その後私たちは、ふたりきりで飲むようになった。

普段から後輩として頼りないとは思っていたが、その反面、聞き上手な正輝と話していると心が和んだ。意外な発見だった。年下は、ましてや職場の後輩など恋愛対象外の私だったけれど、穏やかに笑う横顔を見るにつれ〝年下も悪くないかなあ〟と思うようになっていった。そして三ヶ月後、桜の季節に先輩後輩の間柄を卒業した。

私たちのつきあいが局内の知るところとなり、何かと〝シンデレラ物語〟と冷やかされ、正輝は〝よ、王子様〟とからかわれたものだ。

確かに手は掛かるし頼りないところもあるけど、正輝との暮らしにはそれなりに満足している。おなかが弱いこと以外は……。


それにしても遅い。待ちくたびれて私は靴売り場を離れ、正輝が向かった方へ歩き始めた。と、ジュエリー売り場に正輝の後ろ姿らしき影を発見した。

女性客やカップルに混じってガラスケースを覗《のぞ》いている。なかなか戻って来ないと思ったら、あんな所で油を売っているなんて。

あら、でも、もしかして私へのプレゼント？　いや待てよ。私の誕生日は五月に過ぎたばかりだし、他にこれといって思い当たる記念日もないし……。いくらなんでもクリスマスプレゼントは気が早い。

私は背後から近づいて「何やってんの」と声を掛けた。

振り返って私に気づくと「わっ、あ、え」と言葉にならないことを発すると、あきらかにマズいとこを見られたといったふうに驚いた。そのリアクションに、隣にいた若いカップルがくすっと笑った。

「なーに、そんなにびっくりした顔して」

「そ、そりゃあ、驚くだろ。いきなり耳元で声を掛けられたら」

「そお？　でも、なんかねえ」

私は首を捻《ひね》りながら目を細めて夫を軽く睨《にら》んだ。

「な、なんだよ」

「なんか、よからぬことでも考えてんじゃないの？」

「なんだよ、よからぬことって？　ただいくらくらいするんだろうって見てただけだし」

「ふーん、なんのために？」

「なんのって……。忘れちゃったのかよ。君のために下見してるんじゃないか」

「え、なんだっけ？」私に思い当たるフシはなく、首を横に振った。

「ああ、忘れちゃったんなら、もういいけど」

「え、何、ちゃんと言いなさいよ」

「いいよ、もう」

「あやしい。でも、もし私に買ってくれるなら、フロアが違う」

「ん？」

ここに並んだ宝石類は若い子向きのモノが多い。

「五階にもっと高いのがあるわよ。下見なら、そっちでお願いね」

と、正輝は「あ、腹痛い。もう一度行って来る」と、そそくさとその場を離れた。

「もう、またかよ」

つい荒っぽい言葉が出てしまって、私は急ににこやかな表情で、周囲に無駄な愛想を振りまいた。何を隠しているんだろう。あやつめ、本格的にあやしい。

翌日の昼時、美貴子《みきこ》に電話した。

——もしもし、仁美だけど。

——あ、久しぶり。

彼女とは会社の同期でもあり、悪友でもある。私の退社後、あまり会う機会もなくなってしまったけど、お互い思いついたように電話やメールのやり取りをすることは続いている。

美貴子は、入社以来、人事部一筋十五年のベテラン社員だ。三十歳を過ぎた頃から、人事については社内の誰よりディープな情報をいち早く知るようになっていた。

——赤ちゃんは順調？

——お陰さまで、大丈夫よ。

——仁美が横井くんと結婚したときも驚いたけどさ。ママになるなんて、もっとびっくり。

——なんでよ。

——することとしてたんだもんね。

――そりゃあ、夫婦だもの、不思議じゃないでしょ。

――だけど、あんた、男前だし。普通、オンナなら姉御肌って言うんじゃない？　だけど、仁美の場合、親分肌って感じの方が合ってるものねえ。そんなあんたに、どうしたら横井くんって欲情するんだろうね？

――昼間っから何言ってんのよ。

――だけど欲情した結果として妊娠した訳だし。

――あ、今、社内にいるんじゃないでしょうね。大声で〝欲情〟なんて言い触らされたらたまらない。

――ううん、外。ランチの帰り。

――あ、そう。

勝手に喋《しゃべ》らせておくと、ずっと欲情話が続きそうだったので、話題を変えた。

――どうよ、うちの会社の状況って？

退社しても、つい〝うちの会社〟と言ってしまうが、その方がしっくりくる。会社を辞めるとき、上司から「なんで君が辞めるんだ。横井の方が辞めればいいだろう。え、子どもを産みたい？　子どもだってあいつに産ませればいいのに」と、冗談とは受け取れないほど、真顔で退社を留められたものだ。仕事は好きだったし愛着もあったけど、結婚したら専業主婦というのをやってみたかったのだ。

――相当ヤバそうだよ。どうも、この夏の決算、億単位の赤字らしいし。

正輝から聞くまでもなく、広告業界は不況の波をもろに受けている。

――でさ、早期退職者を募ることが、正式に決定したんだよね。四十歳以上は、一部の人を除いて全員がその対象になるんだ。ま、体のいいリストラってことだね。

――ああ、そう。正輝からもあまりいい話は聞いてなかったけど、そこまでとは思わなかったなあ。

――あたしも見切り付けて、応募しちゃおうかなあ？

――だって、あんたまだかろうじて三十代じゃないの。

――それが、三十代であっても希望すれば、基本的に会社は受けるみたいなんだよね。

――へー、そうなんだあ。

でも、美貴子が退社することは考えづらい。結婚の予定もなければ、そもそもそういう相手もいない。

――で、どうかした？　会社のことが気になって連絡してきた訳じゃないんでしょ。

――正解。実はちょっとした調査依頼。

――何、それ？　面白そうじゃない。

まだ内容を話していないというのに、興味津々といった声だ。

――正輝のね。その、最近の社内評判ってどんなものかなって。

――社内の評判？　ははーん、なんか、裏があるでしょ、ホントは。

――お、鋭い。さすが、うちの社のＣＩＡ長官。ＫＧＢだったっけ？

──どっちでもいいわよ、そんなこと。

私は正輝の周辺にオンナの影がちらついていないか調べてほしいと頼んだ。勿論《もちろん》、社内に相手がいるとは限らないけど、まずは社内から洗うというのが手っ取り早い。

──ふーん、なるほど。嫁が妊娠中にオンナを作ったかもしれないと。なんとも古典的な疑惑だこと。でも、だとしたら、横井くん、印象とは違って、結構やるねえ。

──まだ、そうと決まったわけじゃないけど。

──分かった。じゃあ、会社に戻ったら、早速スパイを送り込んで、ぱぱっと情報仕入れてみるわ。でも、報酬の方よろしくね。

──はいはい。了解しました、長官。

夕方のテレビニュースをつけながら食事の支度をしていると、ケータイの着信音が鳴った。美貴子からだった。

──さてと、ご依頼の調査だけど。

──え、もう？　早っ。

──あたしを誰だと思ってるの。まあ、そんなことはどうでもいいわ。結論から言うと、現在のところはシロ。

──現在のところって、ど、どういう意味よ？

──まあまあ、慌てない。あのね、派遣で来てる、麻生由奈《あそうゆな》って子がいるんだけど。二十五だったかなあ。まあまあの可愛い子らしいけど、どうやら、横井くん、何度か食事に誘って行ったことがあるらしい。

あいつ、やっぱり。

——ところが、残念なお知らせっていうか、いや、いいお知らせかな。放ったスパイによれば、あの子は横井くんには興味がなさそうだってことだよ。彼氏もいるらしいし。でも、ほら、いるじゃない、誰にでもニコニコしちゃうオンナって。『今度、お食事に連れてってくださーい』とか『えー、ホントですかあ、嬉《うれ》しい』とか、胸の前で指を絡めて上目遣いしちゃう子って。

——いるねえ。

——まあ、大概のオトコはそういうのに弱いから勘違いしたりするけどね。で、横井くんもそんな感じじゃないの。ほら、そういう子って案外『ごちそうさまでしたあ』ってしらっと言ってさ、その先ってないからね。だから性悪なんだけど。つまり、そういう関係には持ち込めない。御愁傷様。ははは。でも、それでムキになって追い掛け回し始めると、痛い目に遭うんだよね、これが。

——ちょっと複雑。

まだ浮気に至っていないことは朗報なのに、今ひとつしっくりこない。つまり、うちのダンナは都合のいいオトコになっている訳だ。

——はあ？

——だって、食い逃げされてるってことでしょう？

――ああ、本物の食い逃げね。ま、でも、このご時世じゃ、そんなに懐具合だってよくないし。食事だけにしても、そうそうは奢《おご》れない。社のオトコ連中もヒーヒー言ってるもの。昔なら、出張費浮かせて小遣いにしたりもできたんだけど……。

サラリーマンの涙ぐましい努力と言うべきなのだろうか。旅費規程にある宿泊費より安いホテルを探したり、交通費と宿泊費の格安パックを利用したりして、精算時の差額を小遣いにするのだ。とはいっても、それで何万円もの利益があるわけでもなし、精々数千円のことなのだ。それでも、焼き鳥屋に寄って一杯くらいの金額になることもある。

――基本的に最近の出張は日帰りになっちゃって、みんなブツブツ言ってる。ボーナスも下がったし、挙げ句の果てに早期退職だもの。ちょっと可哀想かな。っていうか、最近は奢ってくれるオトコがグンと減ったもんね。

――そっかあ。それに正輝の小遣いじゃ、オンナに張りたい見栄も張れないってことね。それじゃあ、宝石……。

――ん、何？

――なんでもない、こっちのこと。ありがとう、今度、報酬にランチくらいなら奢るわ。

――ショボ。まあ、仕方ない、それで手を打つか。

――ま、出産祝いで、すぐに取り返すけどね。

そう言って笑うと、私は電話を切った。

それじゃあ、今晩あたり、少しカマでもかけてみようかな。

早くに帰宅するというメールが入ったので、正輝の好物の和風ハンバーグを作りながら、あれこれ切り出し方を考えた。

八時に正輝が帰宅して、すぐに食事を始めた。正輝がハンバーグをひと口運んで「旨《うま》い」と顔をほころばせ油断したところで問い掛けた。

「ねえ、正輝」

「ん？」

「お小遣い足りてる？……って、足りてるわけないか」

「もしかして、値上げしてくれる？」

「そんなわけないでしょ。もうひとり増えるっていうのに」

「だったら訊《き》くなよ。そうやって喜ばしておいて奈落《ならく》の底に落とすのって悪い癖だよなあ」

正輝は少し憮然《ぶぜん》とした様子だ。

「ねえ、会社に麻生由奈っていう派遣の子がいる？」

すると、バラエティー番組のコントのように正輝は小さく噎《む》せた。シロだというのならどうして慌てたの。やっぱりヤマしいことでもあるの？

「な、なんでそんなこと知ってるんだよ」

「なんでも知ってるの、私って……」

「あ、情報源は美貴子先輩だな。あの人、何言ったんだよ」

私はその問いには答えず「で、その由奈ちゃんとはやったの？」と訊いた。

「はあ、やったって、どういうこと？」

もっと反応が見たくてそう切り出してみた。

「しらばっくれちゃって。エッチのことよ」

「そんなわけないだろ。大体、なんでそういう話になるんだよ」

正輝は瞼《まぶた》を手の甲で擦《こす》りながら答えた。

「ふーん、やってないんだあ。情けないんだから、もう」

「はあ、どういう意味だよ」

「ただご飯奢って、ごちそうさまで終わっちゃったら、食い逃げされてるようなもんじゃない。食い逃げっていうのはオトコがするもんでしょうよ」

「何言ってんだあ」

「もう、だらしない。オトコならガツンといきなさい」

「じゃあ、オレが浮気した方がいいってことなのかよ」

「それとこれとは別」

「意味分かんねーし」

「私はコストパフォーマンスのことを言ってんの。そんなことだから、仕事だって決めきらないときがあんのよ。接待したら仕事取らなきゃ死に銭になるっていうのと同じ」

「そういう話かよ」

「しかも指輪のひとつでも贈って気を惹《ひ》こうなんて考えてるようじゃダメだけどね」

「指輪？　さっきから何言ってんだかさっぱり分かんない」

「昨日《きのう》、デパートで真剣に見てたじゃない」

「あ、あれはさあ、だから、そんなんじゃなくて」

「じゃあ、どうなのよ？」

「君が言ったんだろう。無事に出産したら頑張ったご褒美に何か買ってって」

あっ。指輪とは指定しなかったけど、確かにそんなことを言ったことがある。

「まったく……」

正輝は首を左右に振った後、持ったご飯茶碗《はんぢゃわん》と箸《はし》を置くと、心なしか姿勢を正した。

「オレさあ……」

「ん？」

「実は、オレ、退職しようかなあって思うんだよね」

「ふーん……って、え、今、なんて言った？」

正輝の言い出したことが、私にはさっぱり理解できずに慌てた。

「会社の早期退職に応募しようかどうかって」

「はあ？」

「考えたんだよ、景気の回復は当分、いや、そうだなあ、仮に回復するとしても十年とか二十年っていうスパンがかかると思うんだ。このまま残り二十年勤め上げたとして退職金が満額出るとは限らないし。っていうかさ、会社自体があるかどうかも分からない訳さ。そうなったら退職金どころの騒ぎじゃない。あとは業界の再編があるかもしれない。うちなんか大手に吸収合併されるのがオチだしね。今は大手も弱ってるから、荷物になりそうなことはしないだろうけど、でもその気になれば、うちなんかひと飲みされちゃうよ。そうなれば身の保証なんてないしさ。会社に残っても将来に希望がないなら、辞めるのもアリなのかなって話。早期退職だと退職金少し上乗せらしいしさ。セカンドキャリア支援プログラムに通う経費も会社が出してくれるってことだし。応募の期限が来週いっぱいに迫ってるのに、頭の中ぐちゃぐちゃで、なんか決めきれなくてずっと迷っててさあ」

正輝はそこまで喋《しゃべ》ると席を立って、冷蔵庫から缶ビールを取り出した。そして立ったままプルタブを引くと、ゴクリとそれを飲んだ。

「仮に退職しても、こんな時代だからさ、そう簡単に再就職先が見つかるとは限らない。じゃあ、何か資格でも取るのもひとつの方法かなって思った。オレ、資格っていっても運転免許と英検二級しか持ってないものなあ。これじゃダメでしょ。で、さっき話が出た麻生さんなんだけど……。彼女のお父さんって行政書士なんだ。それだけじゃなくいろんな資格を持ってたりしてさ。所謂《いわゆる》、資格マニアってやつだな。そんなこともあって、話を聞かせてもらうために彼女のお父さんと一緒に食事をしたんだけどね。残念ながら、君が思っているような色気のある話じゃない」

どんどん予想外の展開になっていく様子にうまく対応できず、私は言葉を失っていた。

「子どもが生まれるタイミングだから、どういう選択がいいんだか。岩瀬《いわせ》さんみたいに四十五で肩を叩《たた》かれて、転職しろって言われてもなあ」

「岩瀬さん、退職するの？」

「ああ」

岩瀬とは営業二課の課長のことだ。

「本人はいい転職して頑張るなんて強がってたけど、あの歳だと同等の給料を貰《もら》えるところへ行くのも難しいだろうな。いや、働き口が見つかるだけで御の字だよ。下手すりゃ、そのまま失業状態ってこともあり得る。岩瀬さんとこ、中学生と小学生の子どもがふたりいるだろう。これからまだ学費とか掛かるっていう時期にシビアなことだよな。それを自分に置き換えたらどうなる？　転職とかあるいは資格取ったりするなら、まだ三十代の今がラストチャンスかなって」

正輝は椅子に戻ると、またビールをひと口含んだ。

「そんな大事なこと、もっと早く相談してくれればよかったのに」

「まあ、そうなんだけど。ほら、なんかまだグラグラしてて危なっかしいだろう。そんな状態で相談したら、また君に叱られるしさ」と、正輝は苦笑いをした。

「叱らないわよ」

もしかしたら、知らず知らずのうちに私がプレッシャーになっていたのかもしれない。

「もう少し考えがまとまったら話そうとは思ってたんだけど、なんかこういう話の流れになっちゃったから、そのつい……」

「ううん、話が聞けてよかった」

トンチンカンな勘違いをしていた自分がちょっと恥ずかしい。

「あの指輪だって……」

「ん？」

「将来、君に指輪のひとつも買ってやれないようになったらカッコ悪いなあって。じゃあ、買えるうちに買ってあげようかなって。この間、宝石売り場でケースの中の指輪を見て思ったんだ。でも、まさか、それで浮気してるって疑われるとは思ってもみなかったけど」

「ごめん……」私は伏し目がちに謝った。

「君はオレのことならなんでもお見通しって思ってるかもしれないけど、こんなオレにだって人知れず葛藤《かっとう》するものがあるんだ。頼りないのは自覚してるけど、それでも強い夫になろう、強い父親になろうってさ。退職しようが残ろうが、たとえどんなことになっても、ふたりに不自由のない生活をさせてやろうってさ。そういう気持ちならある。

でもなあ……」

自信に満ち溢《あふ》れたという言い方ではないけれど、それでも家族を思う責任感や愛情は伝わってくる。それは私の中にすっと入り込んだ。

「だから言ったでしょ、正輝には仁美先輩がついてるって。それって最強の援軍だと思わない？　だから正輝は自分のやりたいようにやればいいのよ。なーに、なんとかなるって。それでガンガン稼いでもらってさ、なんなら悪い遊びとか覚えちゃって、あっちこっちにオンナなんか作っちゃったりしてね」

「どうしてそうやって飛躍するかなあ。でも、オレ、そんなに腹黒くないし」

「知ってるわよ」

私はテーブルの上に乗せた正輝の手の甲に、自分の手のひらを重ねた。そして笑顔を浮かべて言った。

「もうっ、黒いんじゃなくて、緩いんでしょ」

お日さまに休息を

「あら、お姉ちゃん、この前、病院で会ったときより、随分と元気そうじゃない」

居間に通した広恵《ひろえ》さんが義母と顔を合わせるなり、甲高い声で話し掛けた。広恵さんは義母の妹で山口に住んでいる。昨日《きのう》上京して、息子夫婦の新居に滞在しているようだ。

「うん、まあ、なんとかね……」

傍らに杖《つえ》を置き、ソファに腰掛けている義母が答えた。

義母は昨年の暮れ、脳梗塞《のうこうそく》で倒れた。私が買い物から戻ると、居間の片隅でぐったりしていた。凍りついたような無表情さに、唯事《ただごと》ではないとすぐに救急車を呼び搬送してもらったのだ。幸いにして、症状が出てから時間があまり経っていなかったせいもあり、大事には至らなかったが、そのまま入院を余儀なくされた。私は病院の廊下の長椅子で、それ以前に何か兆候があったはずだ、どうして見過ごしてしまったのだろうと落ち込んだ。

その後、義母は病院での治療とリハビリを続け、五月の連休前に帰宅できるまでに回復したのだが、左半身に運動麻痺《まひ》が残ってしまった。それでも、杖をつきながら自分で歩行できるようになったのは義母の頑張りがあったからだ。ただし、お医者さんが言うには、これ以上の回復は望めないとのことで、再発防止と現状維持をするために、自宅でのリハビリは欠かせない。

広恵さんは義母の正面に「どっこいしょ」と腰を下ろした。

「慎一郎《しんいちろう》の結婚式でこっちに出て来たときは、バタバタしてたから、ゆっくりと見舞えなかったしね」

慎一郎とは、四月に挙式をした広恵さんの長男のことだ。

「もっと早く、お姉ちゃんが退院できたら式にも出てもらえたかもしれないけど、残念だったわ」

「ああ……。出られなくて……申し訳なかったわねえ」義母は、言葉の途中で、一度小さな咳払《せきばら》いをした。

「ん？」

広恵さんは義母の言葉が聞き取れなかったのだろう、耳を義母の方に向けた。義母は言葉を発することに不自由はなさそうだが、少ししゃがれてか細い声は聞き取りにくい。

私はそれに慣れてきたので大体は分かる。

「結婚式に出られなくて、ごめんなさい……ですって」

私は、義母が言い直すより早く、そう答えた。

「あっそう。いいのよ、そんなこと気にしなくて。だって仕方ないじゃない、ねえ。でも、こうして、元気そうな顔を見られたら安心したわ」

広恵さんがほっと小さく息を吐いた後、手にした扇子を広げるとパタパタと扇《あお》いだ。

「暑いですか？　エアコンの温度下げましょうか？」

「いいの、いいの。ほら、東京は節電しなくちゃいけないんでしょう」

広恵さんが言うように、この夏は節電には気を遣っている。エアコンの温度を二十八度に設定した上で、押し入れで眠っていた扇風機を持ち出し、涼しさの工夫に一役買わせている。加えてホームセンターで購入したよしずを、庭に面した居間の前に広げた。窓から差し込む直射日光を遮り、室内温度の上昇を和らげるためだ。その分、室内は日中でも薄暗くなった。

「暑いくらいで文句言ってちゃいけないんだけど……」

そう笑う広恵さんの首筋に汗が滲《にじ》んでいるのが分かる。見るからに太り気味の広恵さんは暑さが苦手なはずだ……と思うのは偏見だろうか。

「だけど、東京の暑さは違うわよねえ。ただ歩くだけで熱中症になりそうだわよ」

うちは東京の西部、深大寺《じんだいじ》に程近い場所にある。この辺りは東京とは言っても都心とは違い、緑豊かな街で、僅《わず》かながらでも凌《しの》ぎやすいだろう。それでも日中、買い物に出たりすると舗道の照り返しに目眩《めまい》がするようだ。

「ああ、すみません、今すぐ冷たい物を用意しますから」私は急ぎ立ち上がろうとした。

「あゆみさん、もう、何もおかまいなく」

そう言われても何も出さないわけにはいかない。

「こんな中途半端な時間に、押し掛けて来ちゃってごめんなさいね」

テレビ台の横に置かれた時計の針にちらりと目を向けると、午前十時を少し回ったところだった。

「いいえ。どうぞ、ゆっくりしていって下さい」

「あっ。そうだ、あゆみさん。はい、これ、山口のお土産、トマトのゼリー。すっかり忘れるところだった。この頃は物忘れが酷《ひど》くて嫌になっちゃうわ」

広恵さんは紙の手提げ袋を私に差し出しながら、豪快に笑った。

「ありがとうございます」と、それを両手で受け取って、私は対面式の台所に入った。冷蔵庫から、作り置きした冷たい緑茶を取り出し、グラスに注ぐ。緑茶を飲むのも、義母にとっては食事療法の一環だ。

「だけど、あゆみさんが、こうやってお姉ちゃんの世話をしてくれてありがたいわ。いいお嫁さんでよかったわね、ねえ、お姉ちゃん」

義母はゆっくりと頷《うなず》いた。

「それに、よく気がつくし」

あんまり褒められると、なんだかこそばゆい。私は恐縮ですといったふうに台所から軽く頭を下げた。

「奈々《なな》さんにも、そういうところがあればいいんだけど」

奈々さんとは、慎一郎さんのお嫁さんのことだ。

「慎一郎なんか、結婚する前から尻《しり》に敷かれちゃって。なんでも言いなりみたいなところがあったから。結婚式だって、危うくハワイで済まされちゃうところだったのよ。ホントは、うちの人の付き合いや顔もあるんだから、山口で披露宴をしてほしかったのに。それでも東京でもいいって妥協して、やっと披露宴の場所も決まってひと安心だと思ったら、今度は、ハワイがだめなら軽井沢で挙式したいとか言い出して。なんだかよく分かんないけど、軽井沢のキャンドルウエディングがどうのこうのって。もう、ワガママな子で困っちゃうわよ」

恵比寿のホテルで執り行われた披露宴に、入院中の義母の名代として出席した。親族紹介のときに挨拶《あいさつ》したが、広恵さんが嘆くほどワガママそうな人だという印象はなかった。もっともどんなにできた人だったとしても、息子の嫁には満点を付けないのが母親なのかもしれない。私もそうなるのかしら。

「このお盆だって帰省しなかったし。何がそんなにふたりして忙しいんだか分からないけど。私がこっちに出て来なかったら、顔も見られないんだから。大体、慎一郎が渋ったとしても、奈々さんが慎一郎のお尻を叩《たた》いて、お墓参りくらいしなさいって促すのが嫁ってもんじゃないの。まったく、今の若い人って分からないわ」

なるほど、やはり義母の見舞いは息子夫婦の生活を覗《のぞ》きに来たついでだったか。それにしてもだ、義母を見舞いに来たのか、嫁の愚痴をこぼしに来たのか……私は可笑《おか》しくて、内心笑ってしまった。

「慎一郎は長男なんだから、ゆくゆくは山口に帰ってきてもらわなくちゃ困るんだけど、奈々さんの様子を見てると、なんだかそれも怪しいわねえ。それどころか、あの調子じゃ、私が倒れるようなことがあっても近づきもしないんじゃないかしら。もう、情《ホント》けないわ」

義母は「よしなさい」といったふうに自由の利く右手を振りながら、ひと言ふた言返したようだったが、その声は台所までは聞こえなかった。

私は、餡《あん》を葛《くず》で包んだお菓子とお茶を盆に載せて、居間のテーブルへ運んだ。

ガラス製のコースターの上にグラスを置くと、中の氷がカランと音を立てた。

「頂き物ですみませんが、お菓子、よろしかったらどうぞ」

私はそう言ってお菓子の載った皿をグラスと並べて置いた。そしてソファに座ることなく、そのまま床の上に正座すると、盆を後ろに置いた。

「あら、まあ、涼しそうなお菓子ねえ。それじゃあ、戴《いただ》くわね」

広恵さんは、お菓子をフォークで半分に割って、それを口へ運んだ。

「美味《おい》しい。やっぱり日本人はこういうのを食べないと。いやね、昨夜《ゆうべ》、慎一郎の所に泊まったでしょ。そうしたら、夕ご飯の後に、ほら、栗の載ったケーキ、えーと……」

「モンブランですか？」

「そうそう、それだわ。栗の季節にはまだ早いでしょ、もう風情も何もなくて。きっと、奈々さんが自分で食べたくて買ってきたのよ。多分、甘やかされて育ったんだわね。だからワガママになっちゃって。やっぱりひとりっ子って、そういうところが出ちゃうんだわ」

「公晴《きみはる》はひとりっ子だけど、ワガママな子じゃないわよ」

　義母は夫のことを持ち出した後、ちらりと私の顔を見た。

「あ、まあ、そうです……かね。だけど、大聖《たいせい》もひとりっ子だから気をつけなくちゃいけないですねえ」少し苦笑いをしながら、私はオデコに手を当てた。

　大聖とは、中一の息子のことだ。

「ああ、タイちゃんは大丈夫よ。あゆみさんの子どもだから」

「それはどうでしょう？」

「あ、そう言えば、タイちゃんはいないの？」広恵さんが天井に目を向ける。二階に息子の部屋があることを知ってるからだろう。

「今日は朝から部活に行ってます」

　小学校の頃から、息子はサッカーに夢中で、中学生になっても、それは変わらない。学業の方は、どう贔屓目《ひいき》に見ても手抜き状態だが、どうやら部活は真面目にやっている。夏休み中の練習を一度も休んでいない。

「この暑い中、大変ねえ。あ、しばらく会ってないけど、大きくなったんでしょう？」

　最後に広恵さんが息子に会ったのは、息子が幼稚園の年長さんだった頃かもしれない。

「はい、すっかり。もうすぐ背丈なら私を追い抜きそうです」

「あら、そんなになっちゃったの、へー」

「ええ。生意気に口の周りに薄《うっす》らと髭《ひげ》みたいなものが生えたりして」

「あっそう。子どもの成長なんてあっという間よね。ま、だけど、苦労して育てても、最後は嫁さんに持っていかれちゃうんだけどね」

広恵さんは少しばかり顔を歪《ゆが》めると、グラスに手を伸ばし、お茶をごくりと飲んだ。

結局は、そこへ話を持っていくのかと、また可笑しくなったが笑いは堪《こら》えた。

「そんなことばかり言って、姑風《しゅうとめかぜ》を吹かせてると、ホントにイザっていうとき、お嫁さんに放って置かれちゃうから」と、義母が私の気持ちを代弁するように笑いながら言った。

「まっ……」

広恵さんが言葉を詰まらせて黙ったせいで、門扉脇の紅葉の木に止まったアブラゼミの鳴き声が大きくなったように響いてきた。が、それも一瞬のことだ。

「だけど不思議よね。風邪ひとつひかなかったお姉ちゃんがこんな目に遭うなんて。私はすぐ風邪ひいたり、熱を出したけど……」

広恵さんが喋《しゃべ》り出すと、セミの鳴き声が掻《か》き消される。

「まったく、お姉ちゃんも因果な人生よねえ。やっと姑の介護から解放されたっていうのに、今度は自分がだなんて。あゆみさん、知ってるでしょ、お姉ちゃんが姑の介護してたってこと？」

「え、あ、はい」

「長患いされてね、おまけに面倒見ても感謝されずで。でも、ホント、お姉ちゃんはよく頑張ったと思うわあ。なのに、今度は自分が倒れちゃうなんて、ついてないわよね。こう考えると、お姉ちゃん、ちょっと不運だわ。うん、そう、不運としか言いようがないわ」

広恵さんはひとりで納得するように何度か頷いて続けた。

「そういうことは、取り返さなくていいのに。大体、あゆみさんがまいっちゃうもの、ねえ？」

「いいえ、私は……」

決して悪気があるわけではないと思う。ただ、聞いていてひやりとするようなことを口走る。しかも突然、そんなことを振られても、なんと答えてよいものか迷ってしまう。

「この家の男連中はアテにならないんだろうし……。あ、そういえば、お義兄《にい》さん、そろそろ定年になるんだって？」広恵さんが話題を変えた。

義父は、大手工作重機メーカーを勤め上げた後、三年前から子会社の取締役に就いている。それもいよいよ、今年、十一月の誕生日をもって役員定年を迎える。

「お義兄さんもご苦労様だったわね。知り合いの息子さんなんか、会社が危なくなっちゃって、まだ三十代なのに早期退職したっていうんだから。子どもができたばかりなのに大変よね。そう考えると、このご時世に定年までちゃんと働けたなんて立派よ。なのにねえ、これから夫婦ふたりして旅行でもなんでも楽しめるってときに……」

そう言われて義母の顔が曇る。

さすがに、義母の表情に気づいたのだろう、広恵さんは慌てて「あ、ま、でも治ったら、いくらだって行けるわね」と、言い直し、お茶を一気に飲み干した。


広恵さんのお喋りが、あっちへ飛びこっちへ飛んでいる間に正午になり、私は昼食に冷や麦を用意した。冷や麦を食べながらも、広恵さんの口から言葉が途切れることはなかった。やらなくてはならない家事もあるので、正直、どこまで続くのだろうと落ち着かない気分になりかけたとき、広恵さんは「じゃあ、私帰るわ」と、突然、傍らのバッグに手を伸ばした。

「もう少し涼しくなるまで待ってからでも」

儀礼的に、そう引き留めたが「あの子たちが帰って来る前に夕飯を作ってあげようと思って。どうせロクなものを食べてないだろうから」と最後まで、奈々《な》さんが聞いたら気分を害するようなことを言いながら大声で笑って、いちばん暑い最中の午後二時、広恵さんはうちを後にした。

広恵さんを玄関先で見送り、ドアを閉めると、嵐が過ぎ去った後のように家の中が静かになった。すると、ご近所の永井《ながい》さんの家の軒下に吊《つ》るされた風鈴の音が微《かす》かに聞こえてきた。内心、私はほっとして、小さな息を吐いて居間に戻った。

「あゆみさん、ごめんなさいね」

「はい？」

「広恵、煩《うるさ》かったでしょう？」

「いいえ、そんなことは……。いえ、まあ、でも、久しぶりにお義母《かあ》さんに会えたからなんじゃないですか」

「そういうこともあるだろうけど……。それにしても、あの子の独演会だったわね。中学生くらいから、ずっとあの調子なのよ、ああやって喋りっ放し。それにガサツだから、思ったことをすぐ口にしちゃってね……。でも、悪気はないから許してあげてちょうだい」

苦笑いの義母だったが、本心は嬉《うれ》しかったに違いない。なんだかんだと言っても、肉親が心配して訪ねてきてくれたのだから。

「許すも何も……。広恵さん、楽しい方じゃないですか」

と、答えながら、もし広恵さんが姑だったら、それはちょっとばかり災難だったかもしれないな、という思いが頭を掠《かす》めた。少し、奈々さんに同情したくなる。

「まあね、身内が……たったひとりの妹が遠くにいるっていうのは淋《さび》しいけど……」

私が嫁いでくる随分前に、義母の両親は他界していて、私は会ったことがない。近しい肉親は広恵さんだけだという。

「でも、近くにいて、頻繁に来られたりしたら煩かっただろうから」と、義母は目を細めて笑った。

「あら、お義母さんたら」私も小さく笑い返した。

「広恵はね、今じゃ、図々《ずうずう》しいおばさんになっちゃったけど、小さいときは甘えん坊で、私の後を追ってばかりいたのよ。信じられないでしょう？　おまけによく熱を出して寝込んだの。そういうときは、私が広恵の世話をしたの。氷枕替えてあげたり、本とか読んであげたりしてね。うちは食堂をやってて、両親はいつも店に出てたものだから……」

義母の実家は、春日部《かすかべ》で定食屋を営んでいたと聞いたことがある。

「両親は年金を貰《もら》えるようになって店は畳んじゃった。私や広恵に継がせる気はなかったのね。もっとも、何がなんでも暖簾《のれん》を守らなきゃいけないような老舗《しにせ》でもなかったし……。それでも近所の町工場の人が通ってくれてね。でも、貧乏暇なしっていうことだったんだわね、きっと。忙しいだけで儲《もう》けなんてあまり出てなかったのよ。それでも、うちの両親は一生懸命働いてたわね。だから、広恵の面倒を見るくらいしなくちゃって思ってたわ」

広恵さんの訪問が呼び水になったのだろうか、今日の義母はよく話す。私は掠れた声を聞き漏らすまいと耳を傾けた。

「あ、そうそう、広恵は私が風邪ひとつひかなかったって言ったけど、あれは違うのよ。私は、少しくらいのことなら我慢しちゃう子だったから。娘がふたりして寝込んだら困るだろうなって言い出しづらかっただけ……。それに母から、ふた言目には『お姉ちゃんなんだからしっかりしなさい、我慢しなさい』って言われ続けて育ったから」

「私も母から、よくそう言われました」

「ああ、そうなの。上って、何かと損よね」

「ええ、まあ……。でも……私は、お義母さんと違ってダメな長女ですから……」


私には、三歳違いの弟と、六歳違いの妹がいる。

私の実家は、長野の諏訪《すわ》で酒屋を営んでいた。店頭販売もしていたが、温泉地なので近所の旅館に酒を配達することも多かった。店を閉めた後も、電話が入れば、どんな急な注文でも両親は受けていた。たとえそれが、夕ご飯の途中だったとしても、注文が入れば父は箸《はし》を置いて軽トラを走らせた。

両親が忙しく働いていたのは分かっていた。でも、小学校の高学年になっていた私は、見たいテレビ番組もあれば、何より友だちと遊びたかった。だから、弟たちの世話を言いつけられると「なんでよ」と反発した。すると「お姉ちゃんなんだから」と母から言われるのだった。

母は五人兄弟のいちばん上だったせいか、上の者が下の者の面倒を見るというのが当たり前だという考え方だ。

「私は、弟たちをおんぶしながら家事を手伝った」というのが口癖だった。

親というのは、自分が苦労したことは子どもにさせたくないと思う親と、自分もやったのだから子どもにもやらせるという親に分かれる。母は紛れもなく後者であり、私にとっては口煩い存在に思えた。

それでも嫌々ながら、弟たちの面倒を見たつもりだ。

やがて大学受験を控えた私は、地元の国立大に進学してほしいと言う母に逆らい、志望校を東京の大学に決めた。そもそも、理系が苦手だった私は全教科で満遍なく点数を取る自信がなかった。と、なると、得意な文系だけで勝負できるのは私大だ。それに東京でのひとり暮らしにも漠然とした憧《あこが》れがあった。母から逃れたい気持ちもあった。

東京の生活にも慣れた二年生の秋口だった。バイトから部屋に戻ると、弟から切羽詰まった声で電話が掛かってきた。

——母さんが、母さんが倒れた。

取る物も取り敢《あ》えず、新宿から最終のあずさ号に飛び乗り、病院に駆けつけたものの間に合わなかった。母は大動脈瘤《だいどうみゃくりゅう》破裂で、呆気《あっけ》なく息を引き取ったのだ。

傍にいれば、こんなことにならなかったのではないか、寝たきりになったとしても、せめて生きてさえいてくれたら、看病もできただろうに……。葬儀の間、母の遺影を眺めていると、後悔の念が涙と一緒に溢《あふ》れ出た。

私は父に、大学を辞めて実家に戻ると言ったが、父は「そんなことはするな」と首を振った後「お母さんは、あゆみが大学に受かったこと喜んでいたんだから」と、私の背中に手を当てた。

父とのやり取りを聞いていた中学生だった妹が「お姉ちゃんは、後から点数稼ぎをするのが上手《うま》いから」と、ぼそっと言った。

「え？」

「だって、そうじゃない。遊んで帰ってきて、文句言われそうだなって感じると、お父さんやお母さんの肩を揉《も》んだり、急に店番したりとか。あれってミエミエじゃない。でも、もう、お母さんにはそういうこともできないよね」

妹の厭味《いやみ》に、返す言葉が見当たらなかった。

そんなことをぼんやりと思い出していると、義母から声を掛けられ我に返った。

「あゆみさんのご実家は弟さんが継いでくれたからひと安心よね？」

「ええ、あ、はい……」

「オレは勉強嫌いだから、酒屋を継ぐ」というのが、弟の小さいときからの口癖で、その通りに高校を卒業して、家業を継いだ。継いだと言うより居座って気ままに暮らしているといえなくもない。父は相変わらず、店に出続けているようだが、力仕事は弟がしている。五年前には、店舗の並びにある白壁の蔵を改築し、洒落《しゃれ》たカフェバーを開いた。

青年会議所のメンバーが夜な夜な集まる溜《た》まり場になっているようで、それはそれで楽しげだ。そんな弟の気になることと言えば、四十近くになっても未《いま》だに身を固める様子がないことだ。

「妹さんは、確か、来年、結婚するよね」

「ええ。三十も半ばになって、やっとです」

妹は松本《まつもと》の大学を卒業したものの就職はせず、バイトをしてはお金を貯《た》めると、海外にふらりと出掛けるような生活をしていた。ところが、どんな心境の変化があったのかは分からないが、三十路《みそじ》を前に、地元の電子機器メーカーに中途入社し、そこで知り合った同僚との結婚が決まった。

「きっと、あゆみさんのお母さんも、子どもたちがちゃんと暮らしてる様子を天国から見て、安心してるでしょうね」

「え、まあ、だといいんですけど……。私のことは少し苦々しく思っているかもしれません」

私はバツが悪くなって、ふと視線を外に向けた。と、よしずの隙間から風に揺れる洗濯物が見えた。

「あ、いけない……洗濯物」

この季節、朝干した洗濯物は昼前には乾く。いつもなら、もうとっくに取り込んでいるのだが、来客があったせいでそのままになっていた。都合の悪い話題から逃げるには丁度いい口実だ。

「あれ、取り込んだら、ストレッチ運動しましょう」

麻痺《まひ》の残った手足を伸ばす運動だ。

居間のサッシ戸を開けると、サンダルを履いて庭に下りた。斜めに立て掛けたよしずの陰から日差しの中に出ると、光の強さと熱気に「うーっ、暑い」と思わず声が出た。たっぷりと日差しを吸った洗濯物は温かいと言うより、熱いくらいだ。バスタオルなどカラカラに乾ききっている。

洗濯物を胸に抱えて振り向き、何気なく家を見上げた。今年で丁度、築十年になる。同居をしていなかったら、義母の介護をすることもなかったのだろうか。もし、そうだとしたら、この夏をどう過ごしていただろうか。私は屋根の向こうに広がる青い夏空を見た。

私は大学を卒業後、オフィスOA機器メーカーに就職し、共通の友人を介し、タイヤメーカー勤務の夫と知り合った。その出会いは恋愛に発展し、結婚に至ったのだが、その道筋はおそらくどこにでもあるような平凡なものだ。

結婚して二年程、世田谷《せたがや》区内のマンションを借りて住んだ。共働きをしていたので、通勤には便利な場所だったが、幹線道路沿いに建つマンションの周辺は、いかにも空気が悪そうだった。息子を身ごもってからは、アトピーや喘息《ぜんそく》などといった症状がでないだろうかと心配した。息子のためにも、分譲マンションを購入し、もっと環境のよい場所に引っ越しをしたいと夫と話し合っていた矢先、義父から「どうだ、家を新築して、一緒に暮らさないか」と誘われたのだ。

「どうする？」

夫は私を気遣いながらも、胸の内は同居に傾いていたに違いない。

「うーん、子どもを育てるなら、あそこの方が空気もきれいだしね」

子育ての環境だけが決め手になったのではない。土地代は掛からず、しかも義父が建築費の七割を負担してくれるという提案だ。マンションを購入するより、ローンの返済額は少なくて済む。そうすれば生活費に余裕が生まれ、買い物や旅行といった娯楽にお金を回すことができる。勿論《もちろん》、子どもの教育費にもだ。

出産後、勤めを辞めた。だが、息子が幼稚園や保育園に通う年頃になったら、再び働きに出たいと考えていた。そこで気になるのが息子の送り迎えだ。が、同居となれば、義母にその役目をお願いできるだろうし……。義母は息子を可愛がってくれていたので、きっと嫌だとは言わないと確信していた。

「そうしましょう」と、義父の申し出を受けることにしたのだ。

それからは、休日毎《ごと》に住宅展示場巡りをした。三社から見積もりを出してもらって、二世帯住宅に定評のあるハウスメーカーに発注し、この家を建てた。

一階が両親、二階が私たち親子三人のスペースだ。が、玄関を分けるというような造りにはしなかった。完全二世帯住宅の方が、プライバシーは守られるし、親世代、子世代がお互い干渉することも少ないだろう。しかし、居間や台所をふたつずつ設けるということは、各部屋が狭くなってしまうことにもなる。折角、一戸建てに住むのだ、居住空間は広いに越したことはない。

「先々のことも考えて、全室バリアフリーにしましょう。それと、廊下や階段、風呂《ふろ》にも手摺《てすり》を付けといた方がいいわね。あんまり、そういうものの世話にならずに暮らしたいけど、転ばぬ先の杖《つえ》ということで……」

殆《ほとん》ど、設備や調度品選びに口を挟まなかった義母だったが、その点には注文をつけた。姑《しゅうとめ》の介護を経験した義母らしい考えだった。が、正にそれは〝杖〟となった。

息子が近所の幼稚園に通い始めると、私は職を探した。しかし、以前勤めていたような雇用先はなかなか見当たらなかった。それでも運良く、調布《ちょうふ》の駅前にある司法書士事務所で仕事に就くことができた。朝は私が息子を幼稚園に送り、お迎えは義母が引き受けてくれた。まさに私の想い描いていた生活が十年近く続いていた。そして、それはずっと続くものだと信じていたのだ。ああ、なのにどうして……。

あまりに自分にとって都合のいいことばかり考え、有頂天になっていたことへの罰なのだろうか。母の望みを知りながら、それに背いた結果、母の臨終の際に立ち会えなかったときのような……。

一体、この先、どうなるんだろう？　足下の土台が崩れるような想いに、思わず、深い溜息《ためいき》が出た。

私は、義母や広恵さんが思うような〝いい嫁〟ではないのだ。

居間に上がって、洗濯物の山をソファに積んだ。

と、義母が「いつまでこの暑さは続くのかしら？」と、尋ねてきた。

「どうなんでしょうねえ。それでも、あと一週間もすれば九月ですから」

庭の塀伝いに腰丈くらいまで伸びた秋桜《コスモス》の群れが咲き始めた。

「また庭いじりができるようになればいいんだけど」

義母は庭で草花を植えて楽しんでいた。白木蓮《はくもくれん》やアジサイ、菖蒲《しょうぶ》、桔梗《ききょう》、秋桜といった季節の花が咲くと、それを切って玄関の靴箱の上の花瓶に生けた。

退院してきた後しばらく、居間の上がり口に座った義母に教えてもらいながら、代わりに私が花を摘んだ。

「まったく、この身体が恨めしい」

「大丈夫ですよ。ゆっくり根気よく治しましょう」

「そうね。でも、この暑さじゃ散歩にも行けないわね」義母が少し項垂《うなだ》れる。

歩くことがいちばんのリハビリになるのだが、猛暑の夏、陽の少ない朝夕でも日中と然程《さほど》変わらない温度では散歩もままならない。

「涼しくなったら、また少しずつ近所を散歩しましょう。さーて、いつもの、始めましょうか」

居間続きに本来は客間としての六畳の和室がある。そこにシングルベッドを置いた。義母たちの寝室は一階の奥にあるので、日中に横になるときやストレッチをするときは、こちらのベッドを使っている。

私は肩を貸して義母をベッドの縁に座らせ、義母の正面に膝《ひざ》を突いた。

麻痺の残った指先から動かすリハビリを始める。伸びきって曲げられなくなった指を握る練習だ。そして手首、肘《ひじ》、腕の上げ下げをする。私はその補助をする。

「お姑さんって人はね……」

義母が指を握ったり開いたりしながら話し始める。

「なかなか厳しい人で……。と、いうより少し偏屈な人だったわね。でね、結婚してすぐ同居したの。舅《しゅうと》はお父さんが高校生のときに亡くなってたから、どんな人だったかは知らないけど……。お父さんは末っ子で、ふたりのお義姉《ねえ》さんたちは嫁に行ってしまってたから、姑をひとり暮らしにさせるわけにもいかないって思っちゃったのよ。それにお父さんにしてみれば、それまで外で働いたことのない母親が、保険の外交員をやって頑張ってくれたから、大学を諦《あきら》めずに済んだっていう恩を感じてるの。結婚したら同居をしてくれって頭を下げられちゃったのよ。嫌とは言えなかったわ」

「そうですかあ」

「だけどね、介護までするなんて、全然、頭になかったわ」

「でも、結局、最期まで、お義母さん頑張ったんですものね」

「それは嫁の、ううん女の意地みたいなものだったかしら」

「意地……ですか」

「そう、意地」

義母はどこか遠くを見るように視線を宙に向けた。

「そもそもは、姑が膵臓《すいぞう》を悪くしたのが始まり。それで入退院を繰り返すようになったの。歳を取ると、ただでさえ足腰が弱くなるでしょう。それが入院して何日もベッドに寝ていると、すっかり衰えちゃって……。あれは何回目の退院の後だったかしら。前の古い家は、こんなバリアフリーじゃなかったから、あっちこっちに小さな段があって。姑がひとりでお手洗いに立ったとき、敷居に躓《つまず》いて転んで、脚の骨を折っちゃったのよ。それでついに寝たきりに。でね、お義姉さんにキツいことを言われちゃって……。『あなたがちゃんと目配りをしてなかったからお母さんがこんなことになっちゃったんじゃない』ってね」

「とんだ言い掛かりですねえ」

「半分はそうなんだけど……。でも言い方がねえ。それから眠れないくらい腹が立って、よーし、だったら意地でも私が面倒みてやるって思ったのよ。今考えれば、止めときゃよかったって思うけど。……ばかよねえ」

私は義母の左腕を持ち上げる助けをしながら「そんなことはないです」と答えた。

「はい、じゃあ、横になりましょうか」

義母をベッドに横たわらせて、今度は脚のストレッチを始める。まず私が爪先《つまさき》から太腿《ふともも》に掛けて摩《さす》り上げる。それを何度か繰り返した後に、義母の膝を曲げたままゆっくりとおなかの方へ倒す。太腿の筋肉を伸ばし、股関節《こかんせつ》に柔軟性をつけるのだ。その姿勢が辛《つら》いのか、義母は少し顔を歪《ゆが》めた。

「痛いですか？」

「ううん、大丈夫」

そう答えながら義母は大きく息を吐き出した。

「でも、気づいていたんだと思うわ」

「え、なんのことですか？」

「姑は私が嫌々介護をしているってことに。意地だのなんだのと言ってはみても、実際、なんでこんなことをしなくちゃいけないの、もう逃げちゃいたい……。そんなふうに数えきれないくらい思ったことがあるもの。それに、もしかすると介護してやってるっていう態度が出ちゃってたのかもしれないわね」

「それは……」

否定する口調で言い掛けた私を制して、義母は「きっと分かるもんなのよ、そういうことって……」と目を伏せた。

まるで私の胸の内を見透かされているようで、ドキリとして言葉が出てこなかった。

遠くで雷の音が聞こえた。

「あら、夕立になるのかしら？」義母が庭へ視線を向ける。

雷に救われた気分になった。

「お義母《かあ》さん、少し休みますか？」

「ええ、そうしましょう」

「私、台所にいますからね」

その場を離れようとすると「あゆみさん」と呼ばれ、私の手の甲に指先を触れて義母は引き止めた。

「はい？」

私は横たわった義母の顔を覗《のぞ》き込んだ。

「あのね、姑さんは人の気配がないと、すぐ私を呼んだの。枕元に呼び鈴を置いてたものだから、それを鳴らすの。何か具合が悪くなったっていうんじゃないのよ、ひとりぼっちになってしまう気がして心細かったんだわね。だからできるだけ、いつも見える所で家事をするようにしたの。でも、大変だったわ。正直、面倒臭い気分にもなったけど、こんな身になってみたら、その気持ちも分かるような気がする……」

そこまで話すと、義母は一度、喉《のど》の具合を気にするように咳払《せきばら》いをした。

「私ならいいですよ、いつでも呼んでください」

そう答えて、台所へ向かおうとすると「あゆみさん」と、また呼び止められた。

「はい？」

義母は少しそのまま黙った。

「どうしました？」

と、義母は大きく深呼吸をした。

「あゆみさん、ありがとう」

「ええっ、ホントにどうしちゃったんですか？」

「それから、あのね」

「はい」

「私の世話が面倒になったらいつでも施設に入れてちょうだい」

突然、義母の言い出したことが分からず、瞬《まばた》きをして立ち尽くした。

「だからね、私の介護に疲れるようだったら、一切の遠慮は要らないから、病院でも介護施設でも入れてほしいの」

「何を言い出すんですか、もうっ」

私は戸惑いを感じながらも、ベッド脇に膝を突くと、ぎこちない笑顔を作って答えた。

「退院してうちに戻ってからずっと考えてたことなの。いつか、あゆみさんに言おう言おうと思ってたんだけど、今まで言いそびれちゃって……。幸いにして蓄えもあるし、施設に入る費用ならなんとかなりそうだから」

「でも……」

「そうよね。そう言われたからって『はい、そうします』とは言えないわよね。だけど、これは私の本心だから、言えるときにちゃんと言っておきたかったの」

義母は口を結んで頷《うなず》くと、ゆっくりと上半身を起こした。私はその背中を支えた。

「お医者さんが言ってたように、これ以上の回復は無理なんでしょう？　健康な人だって歳を取れば衰える。ましてや、ハンデを背負ってるわけだし、普通に老いるより早く衰えるのは間違いないわ。そうはなりたくないけど、姑《しゅうとめ》のように寝たきりになることだってある。そうしたら、あゆみさんにもっと迷惑を掛けることになるもの」

「迷惑だなんて……」

「だって、誰が好き好んで介護なんてできる？　自分で言うのもなんだけど、私が逃げたいと思ったのは当然だと思ってるの。だから、この先、あゆみさんがそう思ってもなんの不思議もなければ、誰からも咎《とが》められることはないのよ」

「お義母さん……」

「あゆみさん、亡くなったお母さんのことで自分を責めてるんじゃないの？　だから、その分、私に優しく接してくれてるんじゃない？　だとしたら、それはちょっと違うと思うわ」

私は口籠《くちごも》ってしまった。

「ごめんなさいね、別に責めてるんじゃないのよ。ううん、それどころか、とってもありがたいと思ってる、ホントよ。元々は他人の私なんかにね」

「他人だなんて、そんなつもりで……」

義母はゆっくりと首を振った。

「あなたがそう思ってるとは思わないわよ。それに他人だったとしても、縁あってひとつ屋根の下で暮らしているんだもの。みんな、家族じゃない？　そうよ、家族だから辛い想いをさせるのは忍びないの」

「私は大丈夫ですから」

「ほら、そうやって頑張ろうとするでしょ。あのね、世の中もうちの中も一緒、我慢して頑張ったりする人がいるから、当たり前のことが当たり前のように流れているように思えるのよ。でも、そういうことって忘れがちになる。お父さんも公晴もそう。もっとも、こればっかりはやってみた者しか分からない。だから、分かる人が言ってあげないといけないのよ、頑張らなくていいからって」

俄《にわか》に室内が暗くなったと思うと、大きな雷鳴が轟《とどろ》いた。そして部屋の中まで聞こえるほどの音を立てて雨が降り出した。

「いつも明るく頑張ってるお日さまだって、たまにはああやって、雲に隠れてお休みするのよ。ましてや、普通の人だもの……。ね、だから私のために無理はしないでちょうだい」

義母の背中に当てた手のひらから温《ぬく》もりが伝わる。鼻の奥にツンと微《かす》かな刺激が走った。

「お義母さんは私のこと誤解してます。私はお義母さんが思うほど善人でもなければ、いい嫁でもないです。お義母さんのように女の意地っていうものもありません。だから、私にとって都合のいい言いつけなら守ります。……守りたいと思いますが、私って見栄っ張りでええ格好しいなんですよね」

喋《しゃべ》っているうちに、堪《こら》えきれなくなった涙が頬を伝ってぽたぽたと落ちた。悲しみや切なさからではない、喜びでもない。義母の言葉に、とにかくほっとしたのだ。

だからと言って、先々の不安まで消えることなどない。それでも心の角が取れたような気がするのだ。

「だから、途中で逃げ出したって言われると嫌なので、頑張るフリはすると思います。それでいいですか」

「……あなたって人は」

しゃくり上げる私の頭に義母は手を載せて、小さな子どもに〝よしよし〟をするように何度も撫《な》でた。

あとがき

本書は、角川書店から出させていただく二作目となります。「野性時代」と「本の旅人」に連載した八話の短編集。

連載を始める前に、担当の鈴木さん、高橋くんと打ち合わせをし、ちょっとした仕掛け、あるいは遊びを入れましょうということでスタート。それぞれの物語は一話完結。でも、次の作品に連なる、何かキーワードを残そうと。あくまでキーワードであり、必ずしも登場人物や場所がクロスする訳ではありません。しかし、本書のタイトルのように〝つづき〟を意識したのです。作品と作品が、キーワードという〝バトン〟を繋《つな》いでいくのです。各々の物語自体には然程《さほど》影響を与えないものの、読者のみなさんにとって、別の楽しみ方があってもよいのではないか……。きっと気づかれた方も多いのではないでしょうか。

また、余談ですが、タイトルは前作同様、すべて〝ひらがな〟にしました。加えて、丸みのある文字を意識して選択。そして『こころのつづき』という、やさしく柔らかな感じのする綴《つづ》りに……。これも〝つづき〟を意識した結果です。僕としては、まずまずのタイトルになったのでは、と満足しています。

今回も、前作『ほのかなひかり』に続き、日々の暮らしの中で、問題や悩みを抱えながら、それでも歩みを進める人々の姿を描きました。特に、家族の間で起こる出来事を中心に……。

家族小説をたくさん描く内に、家族とは肉親だけなのだろうかと疑問に思うようになりました。友人、知人、仕事仲間、それからペットなどなど。縁あって触れ合うことになった間柄すべてを〝家族〟と呼んでもよいのでは……と。勿論《もちろん》、その関係にはよいことばかりが起こる訳ではありません。摩擦や衝突もあります。しかし、イザとなったとき、その存在に救われ、癒《いや》されるとしたら、血の繋がった肉親同様の家族ではないでしょうか。

大震災や原発事故、そして円高、長引く不況……という、今の日本にあって、心を痛める人は多いと思います。それでも、人の心は折れないものです。困難を乗り越えていく力があると信じています。僕の書く歌詞や小説が、少しでもそんな心の後押しをできるとすれば幸いです。

さて、連載中、陰日向《かげひなた》なく支えてくれた、「野性時代」・三宅編集長、鈴木さん、「本の旅人」・足立編集長、高橋くん、感謝です。そして、いつも本の顔を描いてくれる木内達朗さん、ありがとうございます。読者の方々にも感謝です。そして、みなさんは僕の大切な〝家族〟です。

では、次の作品でお会いしましょう。

二〇一一年、晩秋。作者。

本書は二〇一一年十一月に小社より刊行された単行本を文庫化したものです。

解説　森作品朗読のススメ

松井　みどり

その日、私は病院の待合室にいました。胃カメラ検査の順番待ちをしていたのです。それが終わったら、お気に入りのカフェで『こころのつづき』をゆっくり読もうと思っていたのですが、待ち時間に我慢できず読み始めてしまいました。すると…第一話の「ひかりのひみつ」のラストでウルッ…いけないいけない、変な人と思われる…と思いながら、第二話の「シッポの娘」では読んでいるうちに涙が溢《あふ》れてきて、数行読むたびに上を向いてしばし中断せざるを得なくなり、そして最後は我慢できず、待合室でひとり涙する変な女になってしまいました…。

私はフジテレビでアナウンサーや記者を経験した後、現在はナレーターとして活動しています。並行して二〇一二年一月から一年間、「2030夜の図書委員会」という、本の紹介を目的とした朗読会を月に一度開催してきました。まず私が読んで「素晴らしい！」と思った、すでに文庫本になっている短編集から一作品を選んで朗読します。その後、他の作品や作者のご紹介をして、最終的には皆さんにその本を買って読んでいただくことを目的とした会でした。その六月の課題図書として森浩美さんの『ほのかなひかり』に収録されている「想い出バトン」を読ませていただいたのが、森さんの作品と接した最初です。朗読会で使用するための許諾を申請したところ快く了解してくださり、担当の編集者さんが、わざわざ朗読会へ来てくださいました。そんなことで、突然その編集者さんから「新しく出る文庫本の解説を書いてほしい」と言われた時には本当に驚きましたが、別の形の「２０３０夜の図書委員会」として、ありがたくお引き受けさせていただきました。そして…いきなり冒頭のような状態になってしまったというわけです。

『こころのつづき』は角川書店から発刊された、森さんの二冊目の本です。家族、ペット、恋人、親戚《しんせき》、親友など、自分の周囲にいる大切な人との日常の出来事が、とても温かい視点で描かれています。それぞれの話が興味深く、長編で書こうと思えば書けそうなテーマですが、その中で「ここ！」という部分が切り取られ、鮮やかに私たちの目の前に示されます。するとそれが普段は見えないこと、忘れていたこと、気づかないことなどに目を向けるきっかけとなり、心のどこかが温かくなる…森さんの小説を読むと、いつもそんな気持ちになります。

私のように解説から読む方のために、収録作品をご紹介します。すでに本書を読まれた方は、それぞれの話を思い出してみてください。

「ひかりのひみつ」結婚を間近に控えた娘。「死んだ」と聞かされていた実の父が本当は生きていることを知り、彼が経営する軽井沢のホテルを訪ねると…。真実を知った後のラストシーンで目頭が熱くなります。

「シッポの娘」飼っていた犬が急死。突然のことで、まだ悲しみを乗り越えられない家族。なじみの小料理屋で自分の気持ちを語る父親に対する女将《おかみ》の言葉にジンときます。

私は実家で犬を飼っていたので、その時のことを思い出して、涙が止まりませんでした…。

「迷い桜」夫と子供のために生きてきた母。それがあるきっかけから、積極的に自分のために時間を使うようになります。そんな母と有名な桜を見に行った娘との会話。悩める娘に語りかける母の言葉が素敵です。

「小さな傷」実母より仲がいい伯母《ば》の代わりに、同窓会へ出かけた娘。伯母はどうしてもその会に出て成し遂げたいことがあったのです。それを代わりにしようとする娘とそこで出会った人々との交流が、生き生きと描かれています。

「Fの壁」離婚して一人で暮らす父親。中学生になった息子から、ある日久しぶりに連絡が来ます。父親として、離れて暮らす息子に何をしてやれるのか…ラストのセリフが効いています。

「押し入れ少年」中学でいじめにあっている少年。ある日偶然、ホームレスのような男に窮地を救われます。その男と話す中で、これから生きていくうえで大切なことに気づいていく少年。今、社会問題になっているいじめのリアルな一面を切り取っています。

「ダンナの腹具合」妊娠中の年上の妻は、以前後輩だった夫を、やや頼りなく感じています。お腹が弱く、物事を決めるのが苦手な夫ですが、最近何やら女性の影が…。女性なら深くうなずき、最後にホロッ、クスッとなる作品です。

「お日さまに休息を」病に倒れた姑《しゅうとめ》を自宅で介護する嫁。献身的に尽くしていますが、心の奥底に誰にも言えない気持ちを抱えていました。ドラマのワンシーンが鮮やかに見えてきます。

全八編。それぞれが読み切りの話ですが、よく読むとなんとなく前後の話とつながっています。読み手としてはそれに気づけると、ちょっとうれしい気持ちになるというおまけ付き。トータルで、ひとつのまとまった話を読んだような気になるから不思議です。

私は森さんの作品を朗読という形でご紹介させていただきましたが、その視点で見ると、森作品はとても朗読に適したお話だと思います。すでに、NHKラジオや全国各地の公演で、数多くの作品が朗読されています。森さんの文章はとてもわかりやすく、ひとつの文章が短いので、音で聞いた時に理解しやすいのです。読んだ時の長さも五〇分前後と適当。そして何より、自分の身近にいるかもしれない人の話なので多くの人に共感を得やすく、読後感が抜群にいいということが、たくさんの方々に朗読されている最大の理由だと思います。

私が朗読させていただいた「想い出バトン」は、前作『ほのかなひかり』中の作品で、結婚を間近に控えた娘と父親の微妙な関係がリアルに描かれています。会社員として一家を支えてきた、ちょっと頑固な父親に対して、母親と協力しながら結婚相手を紹介するシーンでは、思わず「あるある！」と言いたくなります。そして実際に朗読した後、お客様に「本日のお話に、十数年前のひと時を思い出しました」「ありふれた日常の描写が生き生きとされていたので、自分の身の上に重ねて聞いていた」などの感想を多くいただきました。やはり皆さん、自分の過去を思い出しながら、強く共感してくださったようです。音だけで話を理解する朗読では、文字を読んで理解するより、話の「どこか」や「誰か」に強く感情移入できるということがとても大切だと思います。話がなかなか頭に入ってこない朗読は、聞き続けるのが結構大変ですから。その点「想い出バトン」は、結婚している人、これからしようとしている人、どちらにとってもきちんと感情移入できるお話です。他にも素敵な作品はたくさんあったのですが、そんな理由で「想い出バトン」を選ばせていただきました。またこの話、最後のお父さんのセリフが素晴らしい！　奇をてらったところはひとつもなく、本当に普通の言葉なのですが、何回読んでも泣けてしまいます。本番でも泣かないように苦労しました。

作品を文字で読むのと音で聞くのとでは、話の理解が少し違ってくることがあります。森さんの作品にはリアルな会話や描写がたくさんあり、いろいろな読み方ができるので、もしよかったらぜひ声に出して読んでみてください。私がこの『こころのつづき』の中から朗読するとしたら…「シッポの娘」は、やっぱり以前飼っていた犬のことを思い出してしまって読めないかも。「迷い桜」は母と娘のしみじみした会話をどう読むか考えるのが楽しそう。「Fの壁」の父と息子のリアルな関係もいいですね。「ダンナの腹具合」…本当にどうして男の人はよくお腹を壊すのでしょうか？　ラストのセリフをどう読むか、考えどころです。どうでしょう。ぜひ騙《だま》されたと思って、一度誰もいない時に声に出して読んでみてください。黙読した時とは違うことに気づくかもしれません。今後、森作品が朗読をしてみたいと思っている方々のテキストとしても、どんどん広がっていくといいなと思っています。

最近テレビでニュースを見ていると、どうしようもなく悲しい事件や自分では想像もできないような事件が報道されることが増えました。そして頑張ってもなかなか良くならない生活に、みんな疲れています。その中で森さんの作品は、温かくて、ちょっと苦味もあるけど、ほの甘いカフェオレのように私たちを癒《いや》してくれます。うまくいかない現状の中でもがいているあなた、もっと幸せになりたいあなた、悩みの渦中にいるあなた…今、人生を生きているすべての人に「こころのつづき」を見せてくれる森さんの作品を、今後もたくさん読ませていただきたいと思っています。

こころのつづき

森《もり》 浩美《ひろみ》

平成24年 12月25日　初版発行
令和6年 11月15日　8版発行

発行者●山下直久

発行●株式会社KADOKAWA
〒102-8177　東京都千代田区富士見2-13-3
電話　0570-002-301（ナビダイヤル）

角川文庫 17732

印刷所●株式会社KADOKAWA
製本所●株式会社KADOKAWA

表紙画●和田三造

●お問い合わせ
https://www.kadokawa.co.jp/（「お問い合わせ」へお進みください）
※内容によっては、お答えできない場合があります。
※サポートは日本国内のみとさせていただきます。
※Japanese text only

ISBN978-4-04-100558-3　C0193